《晶靈科幻系列之二》

量子愛情學

「愛，究竟是什麼？」

Quantum Love Theory

當理性碰上感性，開啟高維度空間意識！

本書將微觀世界的奇妙現象與人類心靈的深層情感交織在一起，探討同在量子力學與愛情中出現的「量子糾纏」等概念，更透過天文學與占星術之謎題，呈現出一個穿梭於理性與感性的多維故事。

林月菁 博士——著

目錄　contents

一本包羅萬有的百科全書

要寫科幻小說，需要的並不只是生花的妙筆，還要有紮實的科學知識，以及無窮的想像力，一方面不能太艱澀，另一方面也不能太偏離現實。

林月菁博士的小說，不單滿足了以上的條件，還要再搭上愛情故事、靈魂本質，甚至神學討論等等，簡直就是一本包羅萬有的百科全書。

融合天文、物理與科幻的科普讀物

我認識的作者，是一位是天文學愛好者，也是一位科幻小說迷。過去，不少科幻小說都會將無法解釋的現象歸咎於外星智慧。

相反地，作者卻把主角們遇上的所有事件，都歸因於真實的物理學，甚至連天使都由粒子所構成，從而達到科普的效果。相信這也是作者的一片苦心，否則也不會在書的最後整理出資訊列表，讓大家繼續學習。

因應時代顯學，探秘量子糾纏

自問對量子物理學所知有限，也許和各位讀者一樣，無法完全明白書中主角們的討論，但從中學會了不少量子理論。

至於愛情，也許我們也只是自以為自己懂，事實卻比量子物理學懂得更少。相愛的人有口難言，反而選擇默默守護；相隔的人千言萬語，竟然能夠靈犀相通。也許今天我們需要的，已不再是綵鳳雙翼，而是量子糾纏了。

洗君行 博士
香港上市公司前科技總監

亮點創意無限，引領多角度思考人生真諦

　　林月菁博士是我的中學同學，彼此識於微時。當年勤奮好學又活潑好動的長髮少女，如今不單在學術上卓有成就，在行政管理上也歷練豐富，令我衷心佩服。這次獲林博士邀請為其小說撰寫推薦序，實在非常榮幸。

多元融會，嚴謹縝密的布局

　　《量子愛情學》透過小說的形式帶出量子物理學中的好些基本概念，讓讀者在閱讀故事的同時，輕鬆地領會這些本來晦澀難懂的科學理論。當中作者把量子力學中的「波粒二象性」套用到愛情上，甚至把愛神也想像成由粒子合成，實在創意無限，令人意想不到。

　　除此亮點外，書中亦觸及很多不同範疇的知識，涵蓋歷史、天文、地理、占星學、聖經、佛學、時事，以至都市傳說等，也正好充分顯示出作者對資料搜集的嚴謹及對讀者的誠意。

叩問愛情，追探生命實相

　　《量子愛情學》乃《魔夢啟示錄》的續篇，作者利用兩男一女之間的互動，引領讀者從多角度思考愛情的真諦。故事深入描繪各主角當下的微妙感情思維，讓讀

者感同身受。

作為兩名中學生的母親，我特別欣賞主角們每每都能以正面積極的態度來面對各種困難，自己解決不來就求教他人，藉理性分析主導行為。

【晶靈科幻系列】小說以探討愛情為主軸，匯集現實夢境、時空穿梭、天上人間、前世今生等各種元素，對喜歡這類小說的讀者來說，可謂包羅萬有，一應俱全。最後，你想知道《量子愛情學》中各主角的感情何去何從，女主角最終又情歸何處嗎？

我建議你馬上翻閱這部小說，親身去經歷他們的故事，尋找你想要的答案！

鄧珮姍 博士
香港大學物理學博士

以書寫挖掘隱藏日常中的
微觀秘密

　　量子不是粒子，而是一種物理概念。量子力學是一
套物理學理論，能夠預測粒子的行為和特性，顛覆性改
變了我們從前在經典物理學觀念中，對微觀層面的認知。
在微觀世界裡的粒子，包括光子、電子等，擁有的量子
特性和運動規律，與我們一向的物理認知截然不同，完
全超乎想像。

一切早被神命定，人仍擁有自由意志

　　由於量子力學的理論與微觀世界有關，因此它細小
得令人很難以理解。本書使用「愛情」作為主題，以輕
鬆的故事和簡單的方式介紹量子理論，其中包括「波粒
二象性」、「疊加態」、「不確定原理」、「量子隧穿」，
以及「量子糾纏」等概念，算是量子力學的入門，這些
概念將於未來【晶靈科幻系列】小說中更深入討論和應
用。

　　故事中，主角提出量子理論中的平行宇宙論能完美
解決「時間悖論」的困境，並合理解釋為何一切早已被
神命定，但人卻仍然擁有自由意志。隨著更多證據證明
多元宇宙的存在，有關設想包括量子電腦需要多元宇宙
協作計算才能達到驚人的運算速度的理論，或許有一天

能得以證實。

在理解「量子糾纏」時，主角甚至提出糾纏的出現是因為「高維度空間中粒子的兩個部分共享同一條波」的設想。這些基於現有科學發展而推想出來的想法，並非不切實際：當「量子」的概念首次被提出時，許多物理學家也未能接受「不連續的能量」的概念，但是後來卻在實驗中找到證據；當「以太」的概念被提出時，不少物理學家認為它有可能是光的傳播媒介，但最終在大量實驗中被否定了存在。

無論是與非，新的概念總是先要有人提出，再經過計算及實驗去證實或推翻。

跨越時空之限的心靈之旅，盡享閱讀樂趣

本書寫作於 2024 年，故事中提及的科學知識，包括理論及科學家的名字，力求在這個年分及以前保持真實。至於書中未來的科學，雖則盡量基於現有科學發展而推想出來，但仍有幻想成分。讀者可以藉此界線區分虛實，並隨意發揮更多的想像。

本故事對科學的解釋是清楚的，但主角們的愛情卻模糊得連他們自己也未能瞭解。這令我想起很久以前，有一位智慧過人的前輩說過的名言：「愛情是很艱深的，完成一個博士學位，也比談情說愛來得容易。」當時我未明白。後來，我漸漸理解前者是只要一步一步去做，便是十拿九穩之事，而後者卻並非個人能掌握，有時無論多努力，結果卻難以預測——即使愛情幸運地來臨，

卻也隨時緣盡。

　　有人問道：「這本書究竟是科幻小說，還是愛情小說？」就正如微觀粒子既有「波」性，也有「粒」性一樣，它確實是有多於一種的性質。同樣地，有人說道：「相對於經典物理學和量子力學，愛情的複雜性反而是更難理解和預測的！」你認同嗎？

　　【晶靈科幻系列】每本小說，雖然互有關聯，但也都是獨立的，故能單獨閱讀。若能由第一集《魔夢啟示錄：量子解密之旅》開始閱讀，讀者便能更全面地掌握故事發展；而喜歡跳躍式閱讀的讀者，隨意跳讀又何妨？這正是閱讀的樂趣！

晶 靈

2024 年 12 月 14 日
量子概念誕生 124 週年紀念日

CHAPTER 1

思過雲

「愛是一種甜苦交錯的奇幻情感，相見時越甜，相思則越苦。」

他越想，心越澀，這「思過雲」之巔的平靜安詳，正與他心底的絕望形成了一個強烈的對比……，一千世單戀的記憶在腦袋中交戰碰撞，心如刀割。他急速地喘著氣，愛而不得的痛又再狂刺著理智，令他快要發瘋了！

他深深地吸了一口氣，將那即將爆發的情感，用盡全力壓下去，因為他必須要這樣做。

藉著過往成千上萬次同樣的經驗，他迅速收起了充滿欲望的眼神，然後保持著淡然的微笑轉身，深知這是他身分該有的表現……。

天際一片蔚藍，陽光從高處灑落綿延的無垠領域上。暖風吹拂，捲起了腳下的雲彩，風與雲彩交織在一起，輕輕飄盪搖曳。

這片雲彩比周圍的雲朵更高，宛如平地上聳立的山峰，但平地是雲朵，山峰也是雲朵。一位身穿絲質白袍的人站在雲峰的邊緣，背影略帶顫動，像在領受著雲崖帶來的壯闊氣勢。

白袍人的顫動靜止了，他帶著淡然的微笑轉身，呼出一口氣，並伸出右手，逍遙地採了一把雲，感受著它絲般柔軟的觸感，然後指著遠方，向兩位小聽眾說道：「天喜、天姚，那場驚心動魄的『魔鬼大戰天使長』的正邪對決，就是在那片雲下面的天空進行的！」

這兩位小聽眾，都是兒童小天使。天喜和天姚都穿

著紅衣，外貌與地上大約八歲的兒童相若。

　　天喜性格天真爛漫，他好奇地問道：「那場大戰，為何會爆發的呢？」

　　白袍人微微一笑，回答說：「魔鬼創造了一個『夢境世界』，禁錮了兩個人的靈魂，男的叫小寶，女的叫晶靈。後來他們利用了量子電腦與駭客技術，與天使大軍一起破壞了魔鬼的區塊鏈系統，合力毀滅並逃離了『夢境世界』。」

　　天姚天性淘氣活潑，他調皮地說道：「魔鬼一定不會就此罷休吧！」

　　白袍人皺起眉頭說：「真不知冤冤相報何時了，因為我們毀滅了『夢境世界』，所以魔鬼非常憤怒，更要毀滅所有的平行宇宙。因此天使軍奮力阻止，終究演變成那場大戰！」

　　天喜迫不及待地問道：「那場大戰是怎樣的？」

　　白袍人回想起那驚心動魄的每一幕，卻輕描淡寫地說：「魔鬼和天使本來實力懸殊，但『邪不能勝正』，天使們利用了魔鬼的心魔和伊甸園的禁果，把魔鬼徹底擊潰，最後由一位天使，將他封印在無底坑中。」

　　「我倒聽說過有位天使將魔鬼封印的故事，《聖經》中甚至有他的記載！」天姚插話道，然後他打開《聖經‧啟示錄》給大家看。

　　「我又看見一位天使從天而降，手裡拿著無底坑的鑰匙和一條大鎖鏈。他捉住巨龍，就是那古蛇、魔鬼，

又名撒旦，將牠綑綁一千年。他把牠扔進無底坑裡關起來，加上封印，使牠不能再欺騙各國的人。」（啟 20:1-3）

天喜高興地道：「那位封印魔鬼的天使，真令人敬佩！你知道這位英雄天使如今在哪？我很想見見他！」

天姚斜眼看著白袍人，露出頑皮的笑容，一字一頓地說道：「英雄嘛！遠在天邊，近在眼前！」

白袍人臉上一紅，輕聲承認：「正是區區在下！」

天喜不敢相信眼前的人，就是那位封印魔鬼的英雄天使，他說：「這片『思過雲』，是給犯了罪的天使思過悔改之用。英雄天使做的是好事，又怎會要來思過呢？」

天姚突然變得一本正經，他說：「你有所不知！很久以前，他為了深愛的晶靈，偷偷地由天國逃到地上，守護了她千生千世。我記得，他在地上有個很好聽的名子，叫做安祖，也叫做『晶靈的守護天使』！」

安祖苦笑道：「我正在受罰思過，所以身分已經不是她的守護天使了，你們還是叫我安祖吧！」

天姚點點頭，然後八卦地說：「聽說後來，安祖也是為了拯救晶靈，才回到天國自首。我想，你很愛晶靈吧！」

安祖沒有承認，也沒有否認。他只是怔怔地凝視著遠方，回想著與晶靈的每一世往事，臉上流露著掩藏不住的愛意。

天喜托著腮，輕聲說：「他這種情，就連我們這些見慣了轟烈愛情的愛神天使都為之動容！」

天姚跳到安祖面前，打斷了他的回憶，問道：「你想知我們兩個為什麼也來到這片『思過雲』上嗎？」

「為什麼？」安祖被他帶進了話題。

天喜搶著說：「我們都是掌管愛情的天使，也就是地上西方人所說的愛神邱比特，負責撮合世上眾多男男女女的姻緣！」

「你們一個叫天喜，一個叫天姚，又怎會是愛神邱比特呢？」安祖猶豫地問道。

「愛神邱比特是由愛神粒子組成的，而我們就是其中兩粒愛神粒子。獨立來看待我們，就是天喜和天姚兩位天使！」天喜解釋道。

安祖仍然有些疑惑，他說：「我還是不明白。」

天喜耐心地解釋：「愛神邱比特外型雖然像一個人，但是他的構造，是跟一粒原子核差不多，內裡由一些粒子組成，而我們兩個，就是其中的一粒質子和一粒中子！」

天姚調皮地說：「當然，邱比特與原子核不同，否則他就叫做原子核而不叫做邱比特！邱比特總共由四類愛神粒子組成，除了我們『天喜粒子』和『天姚粒子』之外，另外還有『紅鸞粒子』和『咸池粒子』。」

天姚繼續說：「我們四種粒子有各自的特性，也有自己特定的工作，但有時也會透過『夸克』變換，暫時

變身成其他粒子，互補執行其他粒子的任務。」

天喜解釋道：「例如，我是質子，是由兩粒上夸克和一粒下夸克（uud）組成的。至於天姚是中子，他是由一粒上夸克和兩粒下夸克（udd）組成的。只要我以一粒上夸克來跟另一粒質子對換一粒下夸克，我便能成為中子天姚了！」

安祖的神情更加疑惑了。

天喜繼續說：「至於我們為何在這裡思過，就是因為我和天姚經常鬧著玩，胡亂撮合了很多本不應該在一起的情侶。近年，我們撮合了一個皇室中的二王子和一個不受人歡迎的女子，結果他們與皇室斷絕關係，並四處散播對皇室的貶低言論，這對幾百年來建立起來的皇室聲望造成了巨大的影響，引起了全球性的輿論。」

「我並沒有留意到此事。」安祖聳了聳肩。

「當然吧！對於你有千世修為的人，區區一個時代的皇室，如芝麻綠豆般的小事情，微不足道得根本不值一提！」天姚笑了笑，猜想說道。

天喜也笑了笑，他又說：「就這樣胡鬧了幾次之後，我們便被天使長捉了回來，悔改思過。」

安祖立即問：「你們都來了這裡，現在地上還有沒有愛神？」

天喜托起了腮解釋：「就像原子核由許多中子和質子組成一樣，地上其實還有很多天喜和天姚在活動！我們上來『思過雲』時，其他天喜和天姚，繼續在這個世

界撮合戀人們。」

安祖又問：「其實，為什麼你們會有四種粒子的呢？撮合也需要分工的嗎？」

「可以這麼說！」天喜立即回答道。「我是負責正桃花的！」

天姚接著說：「我是負責邪桃花的！」

「邪桃花？」安祖不明白地問道。

天喜指著天姚說：「比如說，當一個男人已經有妻子了，卻還續娶其他女子，這就屬於邪桃花的範疇！」

天姚興奮地跳著，說道：「就好像，一直在追求晶靈的小寶，在他的前世中，有七位妻子，是我為他撮合的。看到他們吵吵鬧鬧，我就樂了！」

安祖聽到小寶的名字，心中一沉，但同時感到驚訝：「你指的，是我認識的小寶嗎？」

「是啊！就是每一世都在晶靈身邊的小寶！唉，『既生瑜，何生亮』，如果沒有小寶，在過去千世中能與晶靈相愛的，就是安祖你……。」天姚偷偷地看著安祖道。

安祖的苦澀感覺又湧了出來，他嘆了口氣，說：「我記得，小寶有很多妻子的那一世，是地上 17 世紀發生的事了！那時他生活在大清康熙皇帝管治下的皇宮中。」

天姚說：「對於我們天使來說，時間的流逝也只是彈指之間而已！」

安祖心想：「不知道晶靈現在過得怎樣呢？」

天姚接著說：「在『魔鬼大戰天使長』後不久，他們便回到了真實世界。不過，他們並沒有回到各自的世界，反而一起進入了同一個新的平行宇宙！」

天喜拿出了一顆水晶球，說道：「透過這顆水晶球能同時看到他們兩個的前世今生，還有……未來！」

安祖感到奇怪，問道：「可以同時看到他們的過去和未來？」

天喜笑道：「是這樣的，當我們在一個平面螢光幕中看影像時，我們能看到一個在平面的一個三維空間，就像你看電影時一樣，能感到影像是立體的。」

安祖點了點頭，表示理解。

天喜年輕的雙眼閃著智慧，他繼續道：「同樣道理，當我們在一個球形的螢光幕中看影像時，我們能看到在一個立體的下一維度，亦即是我們能同時看到不同的時間。」

安祖感到，面前的兒童小天使雖然外形細小，但他們似乎掌握著自己沒有的知識。

天姚將水晶球凌空旋起，壓低了聲音神秘地問道：「安祖，你看到了嗎？」

安祖看到有無數個晶靈的影像在旋轉，然後目光停留在自己與她分別那一刻。

那是在魔鬼與天使長大戰之後，安祖封印了魔鬼，

並跟隨天使們飛回天上，只剩下晶靈和小寶在「天界之雲」上的時分。

（有關「夢境世界」故事的詳情，請參閱《魔夢啟示錄：量子解密之旅》臺北：博思智庫，2024 年 12 月。）

CHAPTER 2

偏逆向時間

「愛情並不是一場排隊的遊戲，即使為對方等待千生千世，若沒有相愛的靈魂，一切也是徒然。」

安祖在思過雲上的領悟，並不是自己逃到人間的過錯，卻是一條錯愛的真理。他凝視著水晶球中的影像，看到那張一直思念的臉龐，心底如吞下斷腸草，劇痛如刀割，無法自己。

來自 2010 年的晶靈和 2060 年的小寶，在「天界之雲」上等待命運的安排。他們心中雖然依依不捨，但也明白不久後將各自回到自己的年代。這種感覺對他們來說並不陌生，就如以往多次的經歷一樣，當「夢醒」後，他們還是會自然地回到自己的時空。

只見晶靈問道：「你們用來擊敗魔鬼的量子電腦，究竟有多高速？為何其他人不能一樣，利用量子電腦計算，去破解虛擬幣的區塊鏈系統呢？」

小寶回答：「不是不能，而是未能。在妳的年代，量子電腦的發展只是在萌芽階段，雖然計算速度也能超越一般電腦數十萬倍，但還差太遠太遠。相比起未來人們使用不同多元宇宙中的量子電腦協作計算的全速，之間相距不可同日而語。」

晶靈奇道：「未來人類使用不同多元宇宙中的量子電腦協作計算？這究竟是什麼古怪新意？」

小寶解釋道：「英國物理學家多伊奇（Deutsch）在上世紀末已經提出這個概念，而在本世紀，一家科技公司開發出一款量子運算晶片，其運算速度比當時最快的

超級電腦快了 10 的 30 次方。這一突破引發了更多科學家對於單一宇宙中量子電腦運算的質疑。經過多年的研究，越來越多的證據證明，量子電腦的驚人運算速度，實際上是與其他宇宙進行協同計算的結果。」

晶靈邊聽邊數著手指，一臉茫然地問道：「10 的 30 次方即是多少？」

「就是在 1 後，還有 30 個零。」小寶用手推平面前的一片雲，就像推平沙灘上的沙粒一樣，然後邊說邊用手指在雲上寫上一串數字。

1,000,000,000,000,000,000,000,000,000,000

晶靈看得傻了眼，咕嚕道：「這麼多個零，真神奇！」

小寶繼續說：「往後的發展更加神奇，量子電腦的運算速度如此之快，讓大多數科學家傾向於相信這是多個宇宙協作的結果。因為量子電腦能夠以如此高速進行運算，已經超越了我們這個世界所能實現的運算量。」

晶靈攤開雙手笑道：「你說的每一個字我也明白，但還是不明白，那是怎樣的一種協作。」

小寶想了想，認真地回答：「就像一組伺服器中有許多不同的電腦，我們世界的量子電腦就是其中一部。當需要運用更多資源來運算時，電腦會通過網絡從系統中其他電腦抽取資源，實現整組伺服器協作的高速運算效果。我們用來擊敗魔鬼的量子電腦，正是未來更神速的量子電腦。」

晶靈說：「我明白了！你就是懂得用淺顯易懂的比

喻，去講解深奧的理論。」

安祖在水晶球中看到晶靈又對小寶帶著崇拜的眼神，心中一陣忐忑。她想告訴晶靈，多元宇宙中的量子電腦協作不是這麼簡單，小寶的比喻並不全面，自己知道得更多，崇拜的眼神應該是給安祖的。

這時，小寶搖頭說：「妳知道嗎？用比喻來講解，雖然容易令人明白，但比喻就是比喻，與要解釋的事情並不完全相同，因此也可能被指責為不正確。」

晶靈說：「我明白就行了！不過我又有一個擔心，雖然魔鬼已經被打敗，但那些神速的量子電腦仍然在地獄中，要是落入壞人手中，又像魔鬼一樣，嘗試用來消滅平行宇宙中所有人類，創造人工智慧人給自己統治世界，想起來也感到可怕。」

小寶說：「其實要操控那些神速的量子電腦，需要的科技知識極高，而且要消滅所有人類，亦要有穿越平行宇宙的能力，以我所知能符合這些條件的，就只有安祖。」

安祖在水晶球中看到這裡，像突然想到些什麼……。

晶靈打趣說：「安祖怎會這樣做？除非是要除掉你這個夢境世界中的情敵！但當回到現實世界時，我們也都變回原來的身分，不再是愛人了。」

小寶失望地道：「回到現實世界時，又要變回朋友身分？」

晶靈發愁地說：「如果跟以往情況一樣，我們會各

自回到自己的年代，我回去 2010 年，你回去 2060 年，我不可能跟比我年長 50 歲的人在一起吧……。」

晶靈和小寶談天說地，聊著聊著，兩人都不自覺地躺在軟綿綿的雲上入睡了。

晶靈做了一個美夢，夢見自己躺在一片大大的棉花糖上。她拈了一小片棉花糖，閉上眼睛，把它放到鼻子前嗅著。那是甜橙的香味，是她最喜歡的味道。

接著，晶靈睜開了雙眼。她發現自己已經醒了，然而甜橙的香氣卻依舊瀰漫在空氣中。

她揉了揉眼睛，發現自己身處一間陌生的睡房中。房間的裝修非常簡潔，沒有太多的裝飾，柔軟的床鋪和枕頭都是純白色的。床頭櫃上，放著一支正在燃燒的香薰，這精緻的小擺設，顯得和房間的風格不太相襯。香薰散發著甜橙味的香氣，酸酸甜甜的。這時，她聽到了腳步聲，然後房門打開了。

「妳也醒來了！」小寶開心地說道。他對著滿臉疑惑的晶靈解釋道：「這是我的家！」

「你是哪一個小寶？這是什麼世界？是什麼年分？」晶靈的思緒被之前的經歷弄得一片混亂。

「別擔心，我會一一告訴妳！」小寶笑著解釋道：「我和妳一起從『天界之雲』上的夢中，來到這個世界。這是我們真實存在的世界，現在是 2024 年，這是我的睡房。」

「2024 年？我不是應該回到自己的年代，2010 年

的嗎？那我豈不是超越了 14 年？」晶靈還摸著自己的臉，擔心地問道：「我有沒有變老了？」

「妳關心的居然是有沒有變老！」小寶啞然失笑。「放心，妳的容貌並沒有改變，甚至看起來更年輕了，這可能與『夢境世界』尚未進入『熱寂』狀態之前的時間是『偏逆向』性質有關。」

「什麼『偏逆向』性質？」晶靈感到很困惑。

「讓我們先想像時間是一條直線。」小寶細心地解釋道。「正向時間是我們所熟悉的時間流動方向，每過一秒，我們就向前推進一秒。」

「這很簡單！」晶靈得意地說。「我一聽就明白了！」

小寶點頭表示嘉許，然後繼續解釋說：「逆向時間則是相反的方向，我們在時間線上向後倒退，也就是說，每過一秒，我們就在時間線上倒退一秒。」

「我也明白啊！」晶靈雖然理解，但顯得有點猶豫了。「那麼，『偏逆向』時間呢？」

「『偏逆向』時間不是線性的。」小寶清了清喉嚨，慢慢地解釋道：「妳可以想像，在這種時間中，我們的移動方向通常是朝著時間線相反的方向前進，但不是直接踏在時間線上，而是步向空中，再稍微偏左或者偏右走地前進。而且，每一步的步速都不同，有時走快點，有時走慢點。」

晶靈迷惘地睜大了眼睛。

小寶繼續解釋：「換句話說，每過一秒，我們便在時間線上後退了約零點六秒。同時，還在其他不同的維度中，也有所『後退』！」

晶靈迷惘地眨了眨眼睛。

「這與『混沌理論』中，『非線性動力系統』的隨機性特質有關。」小寶進一步解釋道。

晶靈完全不理解，索性閉上眼睛說道：「你說的話太難明瞭了、亂七八糟！我不想再聽了！」

小寶無奈地笑著說：「我來自 21 世紀 60 年代，所以我的科學知識當然比這個時代豐富。在我的年代，小學生都已經要做引力波、夸克、膠子、電漿（又稱等離子體）等科學實驗。科學家也已從實驗中找到了暗物質和暗能量的證據！」

「你是來自幾十年後的人，但為什麼看來還這麼年輕？」

「可能是受到『偏逆向』時間影響的緣故吧！」小寶迅速回答道。「或許是因為我在『夢境世界』裡逗留得比妳更久，所以變得更年輕了！」

「如果透過做夢就能變年輕，我們可以研究『返老還童』！」晶靈雀躍地說道。「到時候，除了我們自己能擁有長生不老的身體，還可以把研究技術應用在市場上，賺個盆滿缽滿呢！」

「別財迷心竅了！」小寶笑著說。「事實上，在 21世紀 40 年代，幹細胞的研究技術，已成功做到了自我更

新和分化，可以修復受損組織並恢復其功能，使人類實現真正的逆齡。從秦始皇時代開始極力追求的長生不老，藥商已經成功煉製出『不老丹』，而『長生丹』在不久的將來也有望實現。」

「真厲害呢！」晶靈讚嘆著，然後問道：「那麼，長生不老藥的配方是怎樣的？」

小寶搖頭道：「沒有人知道。」

晶靈不相信：「怎會沒有人知道？難道連發明者也不知道嗎？」

小寶繼續搖頭道：「長生不老藥的配方，並不是人類發明的。」

晶靈好奇道：「那麼是什麼發明的？鬼魂嗎？」

小寶帶著茫然，卻清楚地說：「人工智慧。」

「竟然是人工智慧，真怪異！」晶靈想了想，又說：「還有一件事讓我感到奇怪，以往每一次從『夢境世界』醒來，我們都會分別回到自己的年代，但這次為什麼我們沒有各自回到原本的時空，反而一起來到這裡呢？」

「這個問題我也百思不得其解！」小寶說道。「我想，有可能是因為這次『夢境世界』被毀滅了，中斷了我們和自己時代的連接，亦因而衍生出一個新的平行宇宙分支，讓我們睡醒之際，靈魂從『天界之雲』來到這個新的世界。」

「等等！你說的話有個矛盾的地方！」晶靈突然想到一個問題，她說：「如果我和你一起從夢中來到這個

新世界，為什麼我什麼都不知道，而你卻似乎對這個世界很熟悉，比如知道現在的年分！」

小寶笑著回答：「我比妳早起了足足三小時！每個人的睡眠時間長短不一，我一天只睡六小時便足夠，而妳卻喜歡抱頭大睡九小時！」

晶靈覺得有點道理，她又開玩笑地明知故問：「那你在我睡覺時，有沒有趁機佔我便宜？」

「我哪敢啊！」小寶看著晶靈這迷人的笑容，想起「夢境世界」的經歷，知道縱使他們兩個在夢裡是一對情人，但回到現實中，又理所當然地變回了一對普通的朋友，大家會保持一定的距離。

小寶更記得晶靈親口說過，在現實世界中，他們只是朋友，但他想更進一步，內心很想伺機立即向晶靈表白，但不知道為什麼，就像以往多次想表白的時候一樣，明明已經張開了嘴巴，但說不出口。他自問幾乎什麼都懂，對著晶靈卻竟然不懂得表白。

晶靈噘起嘴巴，似怒非怒，輕輕地打了小寶一下，然後笑了笑，問道：「你比我早起的時候，做了些什麼呢？」

小寶指著床頭櫃上那香薰，回答說：「我早了三個小時醒來，除了簡單地探索這個世界的情況以外，還有時間去買妳最喜歡的甜橙香薰呢！」

晶靈看著那一座香薰，感到小寶還是很細心的。不過，當她又看了看小寶家裡的設計時，不禁又笑著問道：

「是你窮到家徒四壁，還是你毫無家居設計的品味？」

小寶尷尬地笑一笑，說道：「這個家居的現狀，是我剛購入的空間，儘管裝修好但還未正式搬入的情況，所以除了基本家具以外，什麼都沒有。不過，後來新添的裝飾品也不多，原因既是沒有品味，同時也是窮得家徒四壁！」

晶靈忍俊不禁，輕輕地發出了笑聲。

小寶接著說：「但奇怪的是，我在未來發明的『靈魂粒子傳送儀』，竟然出現在客廳裡。而且裝置似乎經過改良，新增了一些我想像不到的功能！」

晶靈對那部裝置非常感興趣，她說道：「小寶，你可以帶我看看那部裝置嗎？」

「來吧！」小寶拉著晶靈的手，說道：「那部『靈魂粒子傳送儀』就在外面！」

CHAPTER 3

靈魂粒子傳送儀

「愛情的複雜性在於，表白需要面對不確定的拒絕機率，而相愛時更難以推測對方的心理變化。」小寶拉著晶靈的手，卻不敢輕言表白。

他們走進客廳，晶靈立即就看到「靈魂粒子傳送儀」了！為什麼她一眼就認出來了呢？因為小寶的客廳甚至連家具也沒有，真是一片空蕩蕩，是名正言順的家徒四壁！

「靈魂粒子傳送儀」就放在客廳正中央，長寬高大約一公尺，呈金屬灰色，外型像一個金屬立方體。立方體上有一些按鈕，它的側面，有一個螢光幕。

晶靈感到非常好奇，問道：「這個儀器原本有什麼功能呢？新的功能又是什麼？」

小寶回答說：「原有的功能很簡單，只是讓我們的靈魂進入像『夢境世界』等的其他空間而已！」

「這個功能已經不簡單！」晶靈讚嘆地說。「那要怎樣使用它呢？」

小寶指著一個紅色圓形的按鈕說道：「這個是用來通往『夢境世界』的按鈕，先按這個按鈕一次，就可以在下面螢光幕中看到『夢境世界』的情景。如果再按下面的箭嘴形狀按鈕，就可以準備進入『夢境世界』了！」

「那麼，這部儀器會把人的靈魂抽出來，然後送到另一個世界嗎？」晶靈問道。

「對了一半！」小寶給了晶靈一個嘉許的眼神，然後繼續說：「顧名思義，『靈魂粒子傳送儀』的功能只

是能夠把人的靈魂傳送到其他世界，它並不能把人的靈魂抽出來。」

「那麼抽出靈魂的那一步怎樣做？」晶靈問道。

「我是透過冥想『入定』，讓自己『靈魂出竅』，然後進入裝置。」小寶解釋道。

「我不明白。」晶靈說道。「『入定』是什麼？『靈魂出竅』又是什麼？」

「『入定』是透過修行作深度冥想，讓自己進入一種意識集中和內心平靜的狀態。」小寶耐心地解釋。「當人真正進入了一種身心俱忘的境地後，身體和意識便會分離，這就是『靈魂出竅』。靈魂脫離身體後，可以借助『靈魂粒子傳送儀』的幫助，進入其他世界、維度，或其他存在的形式。」

「靈魂是無形的嗎？」晶靈好奇問道。

小寶回答：「在未來的靈魂研究中，有證據顯示靈魂是一種有量子（Quantum）特性的極微小的粒子。」

晶靈似懂非懂地點了點頭，然後繼續問：「那麼，在這個『靈魂粒子傳送儀』的新功能是什麼呢？」

「我不確定！」小寶回答。「這裡有幾個新按鈕，還在研究和摸索中。」

晶靈看著那排按鈕，每個按鈕都有不同的顏色：白、金、黃、灰、橙、綠、黑，總共有七顆小按鈕。除此之外，還有一個眼睛形狀的大按鈕。她說道：「這個『眼睛按鈕』，似乎代表著觀察的意思。」

「是的！在妳醒來之前，我曾測試過這些按鈕，但未有任何全面的想法，可以解釋看到的現象！」小寶說道。「妳也可以試試，看看有什麼想法。」

晶靈隨意按下橙色的按鈕，螢光幕立刻變成一片黑色。然後她再逐一按下另外六顆小按鈕，但螢光幕上仍然是漆黑一片。

晶靈大惑不解，她問道：「難道這些世界都是黑色的嗎？還是裡面都沒有開燈？」

「我最初也這樣想！」小寶說道。「妳試一試按下任何一個小按鈕後，再按那個『眼睛按鈕』。」

晶靈這次隨意按下了白色的按鈕，螢光幕仍然顯示出一片黑暗，然後她再按下『眼睛按鈕』。螢光幕上出現了一個白色的光點，光點一閃即逝。

接著，晶靈按下了黃色的按鈕，再按眼睛形狀的大按鈕。正如她所預料的，螢光幕上閃現出黃色的光點。

「妳有什麼聯想？」小寶問道。

晶靈思考了片刻，然後回答道：「每個按鈕，代表一個空間，裡面有一個對應顏色的小物體在四處移動。當我們選定了一個空間，再按下『眼睛按鈕』時，燈光會瞬間亮起，將那個空間中那小物體的位置顯示出來。」

「這個設想不錯！」小寶贊同地道，然後進一步推理說：「但是，如果按下『眼睛按鈕』，代表空間被照亮，我們應該能夠看到整個空間，而不只是那個顏色的點。」

「又或者空間很黑暗，因此光照不到它？」晶靈感

到迷惘。

「『黑暗』本身是不存在的，世界上並沒有『黑暗』這一樣東西。只有當有光照亮時，人們才能意識到沒有光的狀態，稱之為『黑暗』。」小寶突然說起哲理來，然後他又搖了搖頭，說道：「我有一些想法，可惜又無法完全捕捉到它們。」

突然，晶靈大聲猜測道：「我知道了！如果每間房的牆壁都是黑色的，那就會有剛才的情況出現！」

「這也有可能！」小寶肯定了她的想法，同時他感覺到靈感就在眼前：「黑色……黑體輻射……。」

晶靈再用她毫無章法的思考方式，胡亂地繼續猜測道：「或者每一次按按鈕，就把那個有顏色的小粒粒踢出來。」

「等等！」小寶突然叫道。「妳再說一次！」

「每一次按按鈕，會把那個有顏色的小粒粒踢出來，而按『眼睛按鈕』，便能看到它飛到哪個位置！」晶靈重複地說道。

「這就是答案了！」小寶興奮地說：「剛才我覺得這些畫面似曾相識，原來我們在螢光幕看到的，就像是在實驗室中看到的的『光電效應』！」

晶靈傻了眼地望著小寶，不知他又在說什麼。她立即問道：「什麼是光電效應？」

小寶又立即變身成百科全書：「光電效應是由光產生電的一種現象。當使用合適頻率的光照射金屬，便

會有電子逸出，成為光電子。這個現象由德國物理學家（Hertz）證實，當時他用紫外線照在金屬電極上，發現釋出了電火花。」

晶靈感到很神奇：「Hertz 這個字很熟悉！那是我們用電的頻率單位嗎？」

小寶笑道：「頻率的國際單位正是以 Hertz（Hz）的名字命名，以紀念他首次成功透過實驗證實電磁波存在的貢獻。」

晶靈疑惑道：「那麼我們在螢光幕看到的光，便是叫做量子的粒子了嗎？」

小寶又笑道：「量子不是一種粒子啊！量子是一種物理概念，是一套能夠預測微觀世界裡粒子的行為和特性的物理學理論。在微觀世界裡的粒子，包括原子、電子、質子、光子等，擁有的量子特性和運動規律，與我們日常生活中許多能用經典物理學驗證到的物理認知完全不同，遠遠超乎人們的想像。」

晶靈又問：「經典物理學？」

小寶繼續解釋：「近 300 多年來物理學主要的發展，包括力學、光學、熱學和電磁學，我們稱之為經典物理學。例如『近代物理學之父』牛頓（Isaac Newton）在 1687 年發表的萬有引力和三大運動定律，便是經典力學，它涵蓋了宏觀世界裡物體的性質和運動，不過，在微縮的世界中，經典物理學的理論卻失效了，而量子力學則能夠有效地描述和預測粒子的運動規律。」

晶靈問道：「那麼究竟量子有些什麼特別？又與我們在螢光幕看到的光點有什麼關係？」

小寶說：「以前的物理學家一般認為光束是連續的。但在 1900 年，德國物理學家普朗克（Max Planck）在論文中提及量子的概念，指出光不是連續性的，而是斷開的能量。之後，其他物理學家基於這個概念，以實驗去研究光。幾年後，愛因斯坦（Albert Einstein）解釋光電效應時提出光量子（光子）的假設。他指出光有量子特性，光並不是連續性波動，而是由不連續的能量粒子組成……。」

小寶頓了一頓，再說：「……光子在光電效應中展現出粒子特性！」

晶靈又問：「原來光是粒子性的，我明白了。但是……愛因斯坦不是提出相對論的嗎？難道相對論也是屬於量子力學的範疇？」

小寶立即澄清道：「相對論主要是屬於宏觀世界的範疇。愛因斯坦的狹義相對論和廣義相對論，都是時空和重力的理論。狹義相對論的部分原理，雖然可以在微觀世界，例如粒子物理學中應用，但它主要是用於宏觀世界的物體上。」

晶靈疑惑地問：「其實，為何要分開宏觀世界和微觀世界呢？用相同的公式去計算不好嗎？」

小寶攤了攤手：「妳所說的，便是物理學家夢寐以求，能夠解釋所有物理奧秘的『萬物理論』了，可惜人

類暫時還未找到。不過，丹麥物理學家波耳（Bohr）提出了『對應原理』，指出當系統量子數非常大時，對於系統中的物理行為，利用量子理論所計算的結果與利用經典理論算得非常相近。」

小寶說到這裡，突然道：「現在不早了，我想先去找一位大學的歷史系教授，一起研究這突然出現的按鈕，趁他還未下班，我現在就去。」

「找歷史專家去研究未來的科技儀器？」不過晶靈早已習慣了小寶跳躍式的行事風格，於是只是叮囑道：「你快去吧，別太晚回來！」

小寶臨走前不忘解釋道：「根據剛才的討論，我們在『靈魂粒子傳送儀』看到的光點，很有可能是微觀的粒子！晶靈妳趁我外出時，可以再研究一下。」

晶靈問道：「好吧！但我仍然不清楚什麼是宏觀，什麼是微觀。它們之間的界線，到底在哪裡呢？」

小寶想了想，回答道：「或許可以用普朗克常數考慮，在普朗克的假設中，電磁波也不是連續，而是一份一份能量，每個能量量子所帶的能量（E），等於電磁波頻率（n）乘以普朗克常數（h）。」

小寶把普朗克常數寫了出來。

$h \approx 6.626 \times 10^{-34} J.s$

他繼續說：「由於普朗克常數對宏觀世界的計算小得沒有影響，所以令人誤以為能量是連續的。當系統的尺寸或能量範圍接近這個尺度時，量子效應才開始主導

物理行為，才進入微觀世界的領域，這個大小便可說是宏觀和微觀的界線。」

晶靈看著普朗克常數，仍然不明白有多細小：「那即是有多細小……？」

「點數後有 33 個零……。」小寶一邊說，一邊把普朗克常數用另一形式寫了出來。

$h \approx 0.00000000000000000000000000000006626 J.s$

晶靈看著普朗克常數小得神奇，想像不了那是怎樣的概念，她的腦筋動不了在發呆，直到突然察覺小寶不知什麼時候已經離開了。

小寶離開後，四周靜了下來，晶靈突然感到有一股失落感，在不屬於自己的年代中，剩下自己一個人。

CHAPTER 4

邪術大師的密室

「當他在身邊的時候，一切似乎是理所當然；而當他離開後，心中總有隱隱的惆悵。莫非這種思念就是愛情的感覺？」晶靈的心思在轉動，她不敢肯定自己的心意，就像以往多年一樣。

晶靈大力地搖著頭，欲驅走思念小寶的感覺。她四周察看，這裡沒有電視、沒有電腦、沒有桌子，就連椅子也沒有！她唯有躺在床上發呆，對那部「靈魂粒子傳送儀」做更多的設想。

晶靈思考了一會兒，又感到無聊不已，於是她走到廚房和浴室去看看。幸運的是，廚房裡有一個雪櫃，裡面還有一些沒過期的食物和飲品。她打開了一罐柚子蘇打酒，慢慢地喝著。

廚房中還有一個吧檯，酒架上擺放了各種調酒工具和大量的酒。晶靈細心地看，那裡陳列著伏特加、蘭姆酒、龍舌蘭酒、威士忌、琴酒、咖啡酒、百利甜酒、苦艾酒、橙皮酒和紅糖漿。看來小寶很喜歡酒呢。

晶靈回到客廳，她發現客廳可以通向一個露台，於是她走過去，推開了防風門，走到露台上。

大廈是在沿海突出的位置建築而成，這個單位位於大廈頂層，位置極高。露台是懸挑式設計，三面都是玻璃的幕牆。當晶靈走到露台眺望時，她感覺自己站在懸崖邊緣，俯瞰無際的大海，美景令人著迷。

此時正值日落時分，一望無際的大海十分平靜，太陽在露台的右側緩緩沉下，金黃色的餘暉灑在海面上。

被夕陽泛起的金色光帶越拉越長，和太陽一起漸漸沉入天際的水平線，大氣的折射使天空籠罩著神秘且迷人的色彩。

「小寶真懂得享受！」晶靈心想。「這個單位坐北向南，在懸挑式的露台上，一年四季也能看見日出與日落，晚上望上天空又可以觀星。居住在這個單位，大部分時間應該會待在露台中，所以家裡也不需要有什麼擺設了！」

就在晶靈沉醉於浪漫風景時，她突然察覺到睡房的外牆似乎太長。為什麼有這樣的感覺呢？她也說不上來，於是跑進睡房察看。

「睡房不該這麼小！」晶靈心中充滿疑惑。她敲打著那面懷疑隱藏著空間的牆壁，傳來「咚咚」聲的回音，它的背後竟然是空心的！

晶靈仔細檢查牆壁，果然給她發現了一條不明顯的縫隙！沿著縫隙，她找到了整個暗門。她用力一推，暗門隨即打開，門後竟然是一個密室！

密室雖然昏暗，但從睡房照過去的燈光，已經足夠讓晶靈看清楚情況了！密室中央有一張長桌，桌面鋪上了一塊深色的絨布，上邊擺放著未燃點的燭台和蠟燭。燭台旁邊，還有七個神態各異的女神雕像，每個雕像上方的牆上，嵌著不同顏色的寶石，閃耀生輝。

牆的兩邊，分別刻上了兩組圖像。左邊像是太陽系，正中有一個巨大的圓形，有大小不同的小圓形圍繞在外

邊,它們的顏色位置和大小比例,像是太陽和八大行星。當中距離太陽最近的第三夥行星附近還有一個小點,它們看來是地球和月亮。

牆的右邊,也是像太陽系的一個體系,正中央有一個巨大的圓形,圓形中刻有一些小圓形,部分小圓形上有「+」字符號。大圓形的外圍環繞著許多更小的圓形,它們上面也都有「-」字符號。配合一些穿過小圓形並圍繞大圓形的線條,彷彿更小圓形在圍繞大圓形運動的軌跡。

那些小圓形上的「+」字和「-」字符號,應該是代表正電荷和負電荷。這幅圖像就像原子圖,中間的大圓形代表原子核,裡面的幾個小圓形是質子和中子,而外面的更小圓形則是電子。

令人感到詫異的是:太陽系與原子系統的排列極度相像!它們一個是宏觀系統,一個是微觀系統,為何竟會如此相像?

晶靈感到密室簡直就像一個魔法祭壇室,邪氣十足!

雖然害怕,但在好奇心驅使下,晶靈走進密室細細觀察。她注視著牆上寶石顏色的排列:白、金、黃、灰、橙、綠、黑,難道不正是客廳中「靈魂粒子傳送儀」上那七個小按鈕的顏色嗎?它們從左到右,連排列的順序也完全一樣!

晶靈再仔細觀察桌上的女神雕像,它們的手工非常

精美，每個女神都是美女，各具美態，婀娜多姿，栩栩如生！

晶靈沉思：「小寶是一個神秘主義者，他的超感官哲學觀點總是帶一點邪氣，莫非他是一個邪術大師，在祭壇向這些女子施行邪術嗎？」

晶靈拿起白色那個女神像仔細察看，發現腳底下寫著「2」字。她一頭霧水，於是拿起其他女神像繼續觀察。

原來，除了最後黑色的女神像外，其他的腳底都各寫著一個數字。白色、金色、黃色、灰色、橙色和綠色的女神像上，所寫的數字分別為：2、6、6、5、3和11。

晶靈默默地將密室中的一切記在心裡，然後退回睡房，並關上密室的暗門。

「這些數字代表什麼？」

「為什麼只有黑色女神像腳底沒有數字？」

「小寶是邪術大師嗎？」

「我應該立即離開嗎？」

「如果小寶回來了，我該怎麼辦？」

「問他？還是不問？」

晶靈心中充滿了太多疑問。

這時候，單位大門的門鎖突然被打開，小寶回來了！

晶靈心亂如麻，不知如何是好！她不擅長隱藏，於是唯有立即倒在床上裝睡，以免小寶從她的神情中猜到

她已經知道了秘密！

她不知道應該怎麼做，唯有裝睡來逃避！

「晶靈！」小寶輕輕呼喚她的名字。「我回來了！」

晶靈閉著眼睛，盡量讓呼吸變得緩慢。但她擔心被小寶看穿，她的心跳得很快！

小寶走進睡房，看到她睡著了，於是幫她蓋上被子，然後關上燈。她鬆了一口氣，然後微微睜開眼睛偷看小寶的一舉一動。

小寶一邊走出客廳，一邊喃喃自語：「這果然是光電效應，按不同按鈕便能打出不同波長的光，能把妳們七個的靈魂粒子都打出來。不過，靈魂粒子小得有量子特性，打出來的靈魂粒子都在疊加狀態中。但若我按了按鈕，觀測了妳們，知道位置、找到妳們，卻又會影響妳們靈魂粒子的動量，即是找到妳們仍不能溝通互動，那該如何是好？」

晶靈不明白小寶在說的疊加狀態是什麼，還有觀測時找到位置又影響動量的意思，只是默默記下這些奇怪的用語。她又見小寶在客廳踱步，苦惱地思考著。

突然，小寶像想通了什麼一樣，高興地說：「那麼我就令自己的靈魂粒子進入傳送儀，這樣一定能找到妳們的！」

然後，他在「靈魂粒子傳送儀」白色的小按鈕上連續按了兩下！

「白色，2！」晶靈立即想起白色那個女神像腳底

下寫著的「2」字！

接著，小寶盤腿坐好，再按下傳送靈魂到其他空間的「箭嘴按鈕」，然後吐納呼吸。

「他要『入定』和『靈魂出竅』了！」晶靈心中想道。「難道他的『靈魂粒子』要進入白色小點那個空間嗎？那七個的靈魂粒子又是什麼？難道和密室裡的美女像有關嗎？」

過了幾分鐘，晶靈見小寶仍然一動不動，於是她假裝醒來，戰戰兢兢地走出客廳。她輕輕叫了聲「小寶」，見他完全沒有反應，知道很可能正在「入定」，而他的靈魂可能已經通過傳送儀，進入了白色的空間。

「如果他心術不正，又怎會安心在我在這裡的時間『入定』？我是否誤解了一些事情？」晶靈又想道。「我應該要相信他的！」

晶靈又想到，「白」對應「2」，於是她把七個顏色和六個數字對應地排列起來。

白、金、黃、灰、橙、綠、黑

2、6、6、5、3、11、？

那麼黑色的對應數字是什麼呢？

這時，晶靈突如其來想到，不知能否在螢光幕中，看到白色空間中的小寶呢？於是，她按下白色按鈕，再按下「眼睛按鈕」。

螢光幕上，最初只顯示了一片黑色，然後，白點閃了一下，就像下午他們看到的一樣。

晶靈想到小寶是按了兩次白色按鈕，才按下「箭嘴按鈕」的。所以她靈機一觸，嘗試模仿。

　　「『箭嘴按鈕』代表進入空間，『眼睛按鈕』代表觀察空間。」她心想道。「我就試試能否觀察那些空間吧！」

　　她按下白色按鈕兩次，再按下「眼睛按鈕」，這次，她看見小寶了！

　　小寶在一間書房中，正和一個身穿白衣的女子牽著手，那名女子相貌和身材與密室內的白色女神像一樣，他們溫柔地對望著，看似正在談心！

CHAPTER 5

七位女神

「如果喜歡你，我為何要處處逃避？但如果不喜歡你，為何會介意你和其他人在一起？」晶靈凝視著螢光幕中的一對戀人，卻看不清自己的心意。

莫非小寶利用祭壇的邪法，去施行邪術，誘騙女子？

小寶那小子和女子的行動是定格的！只見小寶神情變得古怪，好像在思考著。

晶靈突然想到，不知道小寶的靈魂在出竅之時，「入定」的身體狀況會如何！於是，她伸手去摸了他的鼻子一下！

螢光幕中的小寶仍然不動，但眼珠卻在看自己的鼻子，而且一臉驚訝。

「難道在『入定』時，身體和靈魂是有連結的嗎？」晶靈想到，於是，她大力地打了小寶的頭一下。

她看著螢光幕中的小寶突然動了，摸摸自己的頭，然後一臉愕然。

晶靈笑了起來：「原來在『入定』時，人的靈魂和身體是還有聯繫的！」

這時，小寶無奈地推開了白衣女子。晶靈忍不住「咭」的一聲笑了出來！

小寶知道這個空間有他不明白的事情發生，不過，只要轉個空間，環境便能重置。於是，他氣急敗壞地走到牆邊。

牆壁上面也有一排和「靈魂粒子傳送儀」一樣的按鈕，小寶在金色的按鈕按了六下，然後再按下「眼睛按鈕」。

　　「金色、6！」晶靈心道。「我明白了！數字，就是代表按多少下才能連接那顏色的空間。他這次想去金色的空間呢！」

　　於是，晶靈立即按了金色按鈕六下和「眼睛按鈕」一下，儀器上的畫面立即轉變了！這次卻見小寶正和金衣女談心，但他們也像定格了一樣，只見小寶神情又古古怪怪！

　　於是晶靈又伸出手，一邊輕輕扯小寶的頭髮、一邊看著螢光幕中他的神情。

　　晶靈看到螢光幕中小寶的頭髮被扯起了，她又想：「原來入定時，靈魂和身體的聯繫是如此直接！」

　　晶靈拔了他一根頭髮！

　　只見小寶又突然坐了起來，摸摸自己的頭，一臉愕然。金衣女仍然是定格中，一動也不動。

　　小寶唯有再轉個空間，讓環境重置。

　　如此總共重複了五次，小寶也算是乘興而來、敗興而歸。

　　小寶已經分別去過了白色、金色、黃色、灰色、橙色和綠色的六個房間。它們的解鎖按鈕次數，也分別與女神像上寫的數字一致，分別為：2、6、6、5、3和11。

現在輪到最後一個黑色房間了！

「黑色女神像的腳底沒有數字，不過，我可以數數小寶按黑色按鈕的次數，然後跟著按就行了！」晶靈心想道。

可是，當小寶站到牆前時，他卻遲疑著。他抓著頭，看來也不知道解鎖的次數！

「他不知道怎樣進入黑色空間便最好！」晶靈心道。「小寶，快快回來吧！」

這時，奇怪的事情出現了！

小寶突然吸了一口氣，用力地衝向牆壁！

「啊！」晶靈叫了一聲。

當晶靈以為小寶會撞在牆上時，他突然消失了！

小寶穿過了牆壁，離開了綠色的空間！

「小寶是不是要回來了？」晶靈想道。

然而，她身邊的小寶依然一動也不動，看來一點也沒有回來的意思！她心想：「難道他去了黑色房間？」

小寶的確是進入了黑色房間！黑衣女雙眼水汪汪地，充滿了靈氣。

小寶心想：「今天真的太奇怪了！究竟發生了什麼事情？」

不過，小寶還沒想完，便感到不妙！他掩著臉，大叫著轉身離開！

原來晶靈因為不知道解鎖次數，便胡亂地按下黑色的按鈕。從按下一次，試到 20 次也不成功，她越來越心急，因為假想小寶就在黑衣女的書房。為了把握時間，於是一拳打在小寶的臉上！

突然間，小寶身體一動，睜開了雙眼，只感到一陣震驚和腦霧，不懂得做出任何的反應！

定過神後，他看到面前的晶靈，聰明的他明白發生了什麼事。他問道：「『入定』的時候，身體和靈魂仍然是相連的嗎？」

晶靈點了點頭。

「這真是個大發現！」小寶興奮地說著，他邊拍打著晶靈！

晶靈只是抱頭傻笑，然後俏皮地望著小寶說：「想誘騙女子嗎？為何她們都定了身？她們是真人嗎？」

小寶回答說：「她們都是靈魂粒子，被人用邪法禁錮著，附在金屬物件上，困在一個『黑體』環境中。」

晶靈又問：「『黑體』是什麼啊？」

小寶指著大門問道：「你知道為什麼大門看來是黑色嗎？」

晶靈不肯定地回答：「造成大門的木塊是黑色，大門便是黑色？」

小寶笑笑：「從物理學角度解釋，大門呈黑色，是因為它能吸收光。」

晶靈燦爛地笑道：「我知道了！這黑色的大門便是黑體了！」

小寶搖搖頭：「所謂『黑體』，是最黑的物體，它能把照射到表面的光全部吸掉。

「黑體能理想地吸收和發射輻射，減少干擾，是以適合研究光電效應，來驗證量子理論。剛才我的靈魂粒子，便是進入了那個『黑體』！」

晶靈問道：「為何要進去呢？」

小寶回答說：「她們的靈魂粒子附在金屬物件上，只有利用合適波長的光，把她們的靈魂粒子都打出來。不過由於有量子的特性，當我一旦從螢光幕看時，這個觀測行為雖然會讓我們知道她們的位置，但她們的活動力會變得最低，低得無法與我交流。因此我要以自己的靈魂粒子闖進去，才能遇上她們進行溝通。」

晶靈問道：「為什麼知道她們的位置時，她們的活動力會變得最低？」

小寶回應道：「因為她們的靈魂是微小的粒子，有量子的特性。在量子系統中，粒子都在疊加的狀態中，它們的狀態不能同時被精確測量，若測量位置或動量的精度越高，對另一方的測量精度就越低。這就是量子力學中的一個重要概念，由德國物理學家海森堡（Heisenberg）提出，叫做『不確定原理』（Uncertainty Principle）。」

晶靈點頭道：「原來如此！即是每一次觀測，也會

對粒子造成影響？」

小寶回答道：「是的！我們很難從宏觀世界中的經驗理解這件事，但是在微觀世界中，粒子的特性就是如此神奇！」

晶靈又問道：「你說那個疊加的狀態又是什麼？」

小寶回答：「是粒子在一個『疊加態』（Superposition State）中！你還記得一般電腦與量子電腦運算上的分別嗎？」

晶靈回想起之前在夢境世界中的對話，說道：「我記得！不過你可以再說一次，也許會更清楚一些。」

小寶笑笑：「一般電腦只是用 0 或 1 運算，而量子電腦除了以 0 或 1 運算之外，還會有 0 和 1 疊加一起的運算。就好像妳擲硬幣一樣，一般情況出現的結果只是正或反，但疊加情況下會出現正、反、正和反、或反和正的結果，而這就是『疊加態』的一個簡單例子了。」

小寶繼續說：「根據量子力學，微觀的粒子存在於一個『疊加態』中，可以同時存在於多個狀態中，直到被測量為止。因此『靈魂粒子傳送儀』中的靈魂粒子即可以同時存在於多個狀態中，直到被測量為止。」

晶靈思考著，問道：「那麼我們在觀測那些靈魂粒子之前，它們的狀態究竟是如何的呢？」

小寶回答道：「不知道！」

晶靈說：「總有一個狀態吧！」

小寶說：「疊加態就是疊加的狀態，它們在被觀測之前就是疊加態，不是一個狀態，而是多於一個狀態！」

晶靈在沉思中，默然不語。

小寶問道：「妳聽過著名的『薛丁格的貓』的比喻嗎？」

晶靈搖搖頭，表示沒有。

小寶解釋道：「薛丁格（Schrödinger）是一位奧地利理論物理學家，他提出了一個有趣思想實驗。如果把把一隻貓放進安裝了隨機會殺死牠的裝置盒子中，在實驗進行一段時間後，由於先前發生事件的隨機性質，貓便會處於又活又死的疊加態。而當盒子內部被觀測時，我們並不會看到一隻又活又死的貓，而只是會看到一隻活貓或一隻死貓。」

晶靈又問道：「那你以自己的靈魂粒子闖進去『靈魂粒子傳送儀』之後，看到那些亂七八糟的靈魂粒子是又活又死嗎？」

「誰說她們又活又死的？她們對我十分重要！要不是妳突然觀測我們，她們的動量便不會減到最少，我便可能已經成功與她們互動，把她們救出來了！」小寶竟然在談笑間，突然性情大變。他捉著晶靈的雙臂發怒說道：「我最不喜歡計劃被破壞了，我要一報還一報！」

晶靈見他神情突然變得很兇惡，知道他不是說笑而已。突然，她看見小寶背後紅光一閃，不知道那是什麼！

「紅光是什麼？」晶靈睜大眼睛，望著小寶。

小寶沒有理會，卻揮拳打向晶靈！

　　小寶一拳下去，晶靈向後一倒，重重地摔在地上。
她疼痛不已，摀著臉，鼻血直流，感到極度暈眩。

CHAPTER 6

微縮世界

「愛與恨都是情感的觸動，為何我們傷害最深的，往往總是身邊最重要的人……？」

小寶突然清醒過來，他好像不知發生了什麼事。他抱著頭，懊悔地想：「為什麼我會這樣做？」

小寶以為晶靈一定會先狠狠地罵自己一頓，怎料，她更在意的，是那些女子的身分。

晶靈只是擦擦鼻血、開口問道：「那空間的靈魂粒子對你如此重要，究竟那七個女人是誰？」

小寶先愣了一下，然後回答道：「她們是我前世的七位夫人！」

「前世的七位夫人？」晶靈問道。「你怎麼記得前世和七位夫人的事？」

「古書裡有關於我的紀錄！」小寶解釋道。「我剛剛去大學找的教授，是一位專門研究清朝的歷史學家，我是在未來認識他的！他在古書中看到一段關於一位古人來生的預言。經過研究，他發現我就是那位古人的來生！」

「你怎知道的？」晶靈問道。小寶回憶了一下，回答說：「某次，他帶著所有的研究資料，親自上門拜訪我。由於事情太令人匪夷所思，因此我最初還不是盡信的，後來，我自己也去研究相關的古書，最後，確認了研究結果的可信性極高！」

「然後呢？」晶靈感到事情很有趣。

小寶繼續說：「之後，在我研發『靈魂粒子傳送儀』

的時候，這位歷史學家也參與了研究。當時，他建議我嘗試建立與清朝七位夫人們的空間連接，他還找了位科學家朋友幫忙。說起那位科學家，他真的非常瘋狂！」

「你本身已經是個狂人！」晶靈笑著說。「怎樣的人才能被你稱為瘋狂的呢？」

「天外有天，人外有人！」小寶笑了笑，回答道：「那位科學家年紀很輕，才 20 多歲，已經獲得了諾貝爾物理學獎，而他腦袋中全都是令人難以置信的想法。我記得他提議過連結『微縮世界』以令我能聯繫前世，不過，因為當時我一心只想盡快到『夢境世界』救妳，所以並沒有實行。」

晶靈有點不相信地說：「我竟然會比你前世的七位夫人重要？」

「那當然了！」小寶也看著晶靈，微笑了一下。他又說：「然後，我就已經在『夢境世界』中，和妳一起來到這裡！剛才我們研究『靈魂粒子傳送儀』的時候，我發現到它的新功能和『微縮世界』有關，於是想起了那位歷史學家，便去找他了！」

「你們的會面如何？有沒有特別的收穫？」晶靈立即問道。

小寶回答說：「那位歷史學家一聽到我的來意，便以為我是騙子。後來，我和他說了很多他在未來告訴我的事，特別是他正研究的那一堆古書。他聽得津津有味，因為有很多推論，他本身還尚未研究出來！」

「這是一個『時間悖論』中，『引導悖論』的好例子！」晶靈打斷他道。「這些古書研究的結果，是你告訴他的，所以未來的他對這些古書知識是來自今天的你。但是，你的古書知識，其實是來自未來的他。所以，究竟這些古書的知識是從何而來的呢？」

　　「是的！『時間悖論』一直是時空穿梭議題在邏輯上的困境。」小寶回應道，但又充滿信心地說：「但是我知道如何能解決了！」

　　晶靈高興地叫道：「快說！快說！」

　　小寶慢慢地道：「當神創造天地的時候，祂已經將整個歷史都創造了。當神看著這個世界時，就像在天空俯瞰一列火車，祂可以看到整條路軌，即世界的全部時間，以及路軌上無限個分支，即各平行宇宙。」

　　晶靈靜靜地聽著，細細思考。

　　小寶又道：「當我們穿梭時空，或到達另一個平行宇宙，其實也只是在同一條路軌前後的分段，或跳到其他路軌上。人類的知識一早已經存在於世界歷史的路軌上，並沒有突然無中生有。這個設想，可以完美解決『引導悖論』在邏輯上的困境。」

　　晶靈推想到：「那麼『時間悖論』的另一個邏輯上的困境『祖父悖論』又怎樣？當一個人回到過去殺死了自己的祖父時，他還能誕生於世嗎？若不能的話，他的祖父是誰殺的？」

　　小寶笑道：「當然，平行宇宙理論可以完美解決『祖

父悖論」在邏輯上的困境。當他穿梭時空，殺死的不會是自己宇宙的祖父，而是其他宇宙的祖父，他的宇宙中的祖父並沒有被殺，否則他早已不存在了！」

晶靈輕聲地回應：「這倒像什麼真理的奧秘！」

小寶點點頭，表示同意：「這個設想，還有更重要的意義！」

晶靈立即問道：「是什麼？」

小寶慢慢地說：「量子力學中的平行宇宙論，能完美地解釋為何人的一生是神命定的，卻又能自行抉擇為善或為惡。因為神命定他的是一條在路軌上的路，以及他可以遇上的每個分支，所以人的一生，都在早已設計好的路上走著。」

晶靈疑惑道：「所以我決定做好事或壞事，也是神的旨意？」

小寶回答：「至少是一條神定好的路，凡事能夠出現，都是因為祂容許的！」

晶靈猶豫道：「難道萬惡魔鬼的存在，也是神容許的嗎？」

小寶立即回答：「當然，魔鬼是神創造出來的天使，卻自甘墮落，這一步也是魔鬼在神命定好的眾多條路上的自由意志選擇。要是神不容許的，魔鬼不會存在，又或許早已消失！」

晶靈問道：「為何神容許魔鬼仍然存在？」

小寶說：「或許是讓魔鬼有悔改的機會吧！不過所謂好事或壞事的定義，也是沒有絕對的，也要看神的旨意。」

晶靈問道：「壞事也是神的旨意嗎？」

小寶說：「好與壞又豈是我們定奪的？」

「太複雜了！我們還是先選一個人生的分支，就轉去討論古書的內容吧！」晶靈說。

「好的！」小寶答應道，然後立即說：「我從那位歷史學家的書架上，找到了一些他在未來給我看過的記載和圖片。再看一遍後，便想通了如何能操作『靈魂粒子傳送儀』上面那一排新的按鈕。除此以外，古書中還有很多神秘的資料，值得進一步探討，於是，我特意複印了一份，帶回來和妳一起研究！那份資料，就放在廚房中的雪櫃上！」

「你不早說？快拿來看！」晶靈心急地說。

小寶立即走到廚房，拿了一疊資料文件，遞給晶靈。

「為什麼要把資料放在雪櫃上？」晶靈又問。

「我家哪有桌子放文件？」小寶尷尬地回答。

「你可以放在『靈魂粒子傳送儀』上吧！」晶靈說道。「那麼，當你去『微縮世界』與夫人們相會的時候，我便只顧看文件，沒時間捉弄你了！」

小寶暗自點頭，心想早知如此，卻不敢動任何聲色。

晶靈拉著小寶的手，她說：「這個時間的星空一定

很美，不如我們去露台一邊看星星，一邊看這些資料！」

他們推門出去，此時正值初秋，天清氣朗，萬里無雲！只見飛馬座作勢奔往天頂，淡淡的銀河靜靜懸掛在西方。

「小時候，第一次通宵觀星，那天周圍很黑暗，亦很炎熱，但我看著銀河由東邊升起，然後慢慢攀至天頂，到天光前再沉到西方。」晶靈回味地說。「那時候，我以為自己會有很多機會再看這極度迷人的銀河東升西落。不過，隨著日漸年長，人生變得忙碌，城市的快速發展也令光害越來越多。原來，再想看到銀河東升西落，已經是一件很奢侈的事了！」

「我也喜歡銀河！」小寶說道。「如今在香港，已經很難觀察到銀河。我們身處這棟大廈，是位於大嶼山的長沙海灘，總算比較容易看見銀河。」

「原來這就是我從小到大最喜歡的地方！」晶靈感嘆地說道。「我記得很多年前，有朋友問我長大後的夢想時，我的回答，就是將來能每天躲在長沙海灘，坐在沙灘上看書聽海！」

「其實這是妳早就可以做的事，何必等將來？」小寶回應。「這裡的確是世外桃源，是很難得仍然能夠看星星、日出和日落的地方。」

「看日出嘛！我聽說在後面的鳳凰山頂看最美。」晶靈微笑道。「不過由於雲霞的關係，聽說平均每爬上去七次，才能看到一次日出！」

「妳有沒有在那裡看過日出？」小寶問道。

晶靈搖了搖頭，苦笑道：「或許我剛好只上去過六次，還差那麼一次！」

晶靈一邊說，一邊低下頭來。她翻開了文件夾，看到一大疊文件，字小如蠅、密密麻麻。

第一份文件標題為「鹿鼎公與夫人們最後藏匿地點之確鑿證據」。

「鹿鼎公與夫人們？」晶靈驚訝地問。「小寶，你的前世就是韋小寶？」

CHAPTER 7

鹿鼎公

「若前世的相知，源於再前世的纏繞，那麼再前世的交集，是否也來自更早的恩怨？無論過去的糾葛是否使我們相識，我們珍惜的，卻是今生的相知⋯⋯。」

小寶笑著說道：「妳看武俠小說看得太多了！韋小寶是虛構的角色，我又怎可能是他呢？」

「那麼這疊從古書得來的資料，也是虛構的嗎？」晶靈繼續問道。

「韋小寶這個角色是虛構的。」小寶重複他的答案，他又說：「不過，『鹿鼎公』是真有其人，他姓托，是歷史上真正出現過的人物！」

「真的嗎？太有趣了！」晶靈興奮地說道。

小寶繼續說：「在眾多古書中，曾經在《簷曝雜記》中有記載我前世北上俄羅斯簽定《尼布楚條約》的事蹟。那時，我在俄羅斯逗留了整整三年。這本古書和正史中的記載略有出入，是因為我後來成為了一個秘密任務官員，所以正史上需要刪去我之前的事蹟。」

小寶把他前世的故事娓娓道來：「回到中原後，康熙皇帝非常滿意我對大清的貢獻，也很欣賞我的才能，於是提拔我為他的秘密任務官員。由於每次任務都處理得妥妥當當，我的官位一直晉升，最後成為了『鹿鼎公』！當然，由於我是秘密官員，因此在正史中並未出現我的官職，但在許多雜書的記載中，歷史學家還是找到了我這個人物！」

「聽起來很厲害啊！」晶靈讚美地道。「那些秘密

任務，是不是與抵禦外敵有關？是否秘密燒敵方糧倉、暗殺敵方將領之類的行動？你當時一定十分威風的了！」

「哈哈！怎麼可能？」小寶大笑著說。「歷史上每個朝代中，最重要的秘密任務，絕非關乎百姓的福祉或抵禦外敵，它們往往是與保護皇室利益或維護權力有關的！」

「那麼，在宮廷內的秘密任務，會是什麼呢？」晶靈好奇地問道。

「皇上的秘密任務，是排除異己，消除身邊任何可能帶來威脅的人，甚至包括忠心耿耿的親信，以鞏固自身的權力！」小寶說罷，竟然笑了起來。「這是人性！過去如此，未來也會如此！」

「原來如此！」晶靈略有所悟。

小寶繼續講述他前世的故事：「儘管我被封為『鹿鼎公』，但隨著我完成的秘密任務越來越多，知道宮中的秘密越來越多，康熙皇帝對我的戒心也同時遞增。直到一天，我察覺到他對我已經不再信任，才知道自己成為了他接下來要清除的異己。於是，我以娘親壽辰為藉口，攜同眷屬南下，與娘親會合，然後一同避走江南。」

「這段情節很面善呢，就像韋小寶的故事一樣！」晶靈笑著說道。

「太陽底下無新事！」小寶感嘆道，然後繼續講述：「其後，康熙皇帝想要趕盡殺絕，派遣了他新的秘密任務親信來刺殺我們，皇上甚至親自南下尋找我。儘管我

巧妙地三次逃避了刺殺，甚至還成功反殺了那些秘密親信，確保了我們的藏身之處不被揭露，但我始終擔心家人可能會遭到牽連。於是，我們繼續南下，輾轉來到了嶺南，最後在香港定居下來。」

晶靈點了點頭，說道：「那時的香港應該還沒有人居住吧？」

「當然不是！根據化石和古蹟文物的研究，已經證實香港在公元前 4,000 多年就有人類居住了。」小寶笑著說道。「其實，在我到達香港之前，康熙皇帝早已派人在這裡進行建設，包括墩台等防禦工程，因此，我們的生活也是需要左閃右避、掩人耳目的。那時候，香港已經叫做香港，九龍也已經叫做九龍。這些歷史，在《新安縣志》中記載著。」

「就算有人住，相比起京城的繁華，你們一定覺得生活單調乏味吧！」晶靈說道。

「那倒不然！娘親、七位夫人和五位孩兒老是吵吵鬧鬧，生活總是讓我頭昏腦脹！」小寶抱怨著，然後他又繼續說：「幸好，我在香港遇到了第八位夫人，她讓我的生活變得極為美滿！」

「第八位夫人？七位夫人還不夠嗎？」晶靈打趣道，然後又問：「你為什麼知道得這麼詳細？」

小寶翻開文件夾的第二份文件，感慨地說：「這一疊是我前世的日記，裡面寫得清清楚楚！」

「那已經是 300 多年前的事情了，對我們現在來說

已經沒有關係了吧！」晶靈看到小寶感慨的眼神，安慰他說道。「難道你想要追尋前世的事蹟嗎？」

「不追尋不行！」小寶激動地說道。「根據記載，有一位蜚廉太太，因為丈夫蜚廉先生並不專一、三妻四妾，後來還休了蜚廉太太，令她的性情大變，於是修煉邪術來對付丈夫的其他夫人。

有一次她遇到我們，卻對我和八位夫人卿卿我我看不過眼，於是利用紅線邪術，將其中七位夫人禁制起來。」

「為什麼只禁制了七位夫人？」晶靈感到很奇怪。

「蜚廉太太非常妒忌那七位夫人的絕世美貌。除了八夫人之外，我的夫人們全部都是萬中無一的美人。」小寶解釋道。

「你倒會享受！」晶靈笑說道。「那麼，第八位夫人一定很醜吧！」

「各花入各眼而已！」小寶避重就輕地說道。

「只剩下醜夫人陪你，這就是色鬼的報應！」晶靈再笑說道。

小寶笑而不語。

「你有沒有去救七位夫人？」晶靈見他沒答話，於是繼續問道。

「當然有！我和八夫人用盡餘生力量，竭盡全力去嘗試拯救她們。」小寶回答。「可惜天意難違，直到我

和八夫人離世之時，仍未能救出她們！」

「你也別太傷心了！這麼多年過去了，七位夫人和蜚廉太太們都應該已經離世，重新投胎，恩怨情仇也已經不知怎去追究了吧！」晶靈安慰他道。

小寶再次翻開文件夾，拿出第三份文件，說道：「根據這份文件的紀錄，七位夫人最後被封存到『微縮世界』中，似乎至今也未能重新投胎。」

「『微縮世界』？」晶靈望向那部「靈魂粒子傳送儀」，再用詢問的眼神問小寶。

「是的！剛才進入了七個空間，已經證實她們就是我那七位夫人！」小寶得意地說道。

晶靈瞪了他一眼，問道：「為什麼你總是要到奇奇怪怪的世界？一會兒是『夢境世界』，一會兒又『微縮世界』？」

小寶無奈地攤了攤手，說道：「可能這就是命運的安排吧！但無論如何，我一定要救出我的夫人們，前世不成、就今世，今世不行、就來世！」

「好吧！我就陪你一起去救她們！反正她們是上一世的靈魂，能夠與她們溝通，想想也覺得十分有趣！」晶靈笑道。「怎樣才能救出她們？你有頭緒了嗎？」

小寶拿起最後一份文件，說道：「資料都在這裡，妳也看看吧！」

晶靈皺了皺眉頭，說道：「這麼多文字，我懶得看了，你直接告訴我吧！」

「來，我給妳看三幅圖片！」小寶揭開文件的內頁，給晶靈看。小寶翻到資料的第三頁，那是一幅手繪的圖，畫中描繪的是一個山洞口。

CHAPTER 8

古書中的三幅圖片

在每幅殘舊的手繪圖片中，或許都承載著繪畫者最緊繃的心事。然而，時移世易，世間變化萬千。在時間的磨擦侵蝕下，這些前塵往事大多已變成微不足道的小事，默默淹沒在歲月的塵埃中，成為一片褪色的回憶……。

小寶說道：「根據內文所描述，這個山洞口是蜚廉太太施法祭壇的所在。七位夫人的靈魂被封存在山洞中。在解封她們軀體之前，我們需要先解開靈魂的封印。解除封印的方法，是要集齊七顆代表她們的寶石，並將其放進山洞中相應的位置。」

「七顆寶石？」晶靈似乎想起了一件事。

小寶說畢，便翻到資料的第五頁。

晶靈說道：「第二幅圖，是一張地圖！」

「我做了比對，這張地圖顯示的地方，是位於西貢荔枝莊。」小寶指著地圖解釋道。「這裡所畫的是一條海岸線，這個位置是一個石灘，現時已經建了一個小型碼頭。碼頭東面的對岸，就是山洞的所在位置。」

晶靈點頭，然後問道：「我們可以去那裡看看嗎？」

「雖然沒有寶石，但我們可以先去察看一下。」小寶說道。「我查過明天早上有一班渡輪，它會由馬料水開出，經過深涌，然後到達荔枝莊碼頭。」

晶靈笑著說：「那麼你快告訴我最後一幅圖的內容，然後我們早點休息，明早天一亮便出發！」

「最後一幅圖，是收藏七顆寶石的地方，可惜地點

未明。內文說那是一個密室，密室內有一個祭壇，祭壇上放有七位夫人的神像，以及對應的寶石。寶石的顏色，與『靈魂粒子傳送儀』上的小按鈕顏色和排列完全相同，從左至右分別是白、金、黃、灰、橙、綠、黑，共七種顏色。」小寶邊說邊翻到資料的第九頁。

晶靈一看到圖片，眼睛直直地盯著，結結巴巴地說：「我知道這個密室在哪裡！」

小寶十分驚訝，他立即問：「在哪裡？」

「就在你的睡房裡！」晶靈說畢，便拉著小寶一起走入睡房。

小寶看了看房間，一臉疑惑。

晶靈走到牆前，輕輕一推，暗門便悄然打開。

小寶一看便完全呆住了！

晶靈走進了密室，小寶也跟隨進去。

當小寶看到七個女神像時，他的神情變得很憂傷，他輕輕撫摸著每一個神像的臉，然後說道：「這是用真人掃描後，按照 1:10 的比例立體列印出來的！」

「左邊六個女神像的腳底刻有數字。」晶靈說道。「她們真人的腳底也有數字嗎？」

小寶想了想，回答說：「應該沒有！」

「從左至右的六個數字是分別為：2、6、6、5、3 和 11。」晶靈說道。「它們對應著『靈魂粒子傳送儀』的解鎖次數。」

小寶拿起最右邊的黑色女神像看著，他說：「它的腳底原本似乎也有字，不過好像褪色了！」

　　晶靈接著說：「剛才我試過從一次開始，按『靈魂粒子傳送儀』上的黑色按鈕，一直試到 20 次，但都不對！」

　　小寶想起自己「入定」回來後失控打了晶靈一拳，感到一陣不安。

　　「你在發什麼呆？」晶靈不明所以。

　　「寶石在這裡！試試把它們拿出來吧！」小寶指著寶石，把話題拉開了。

　　他們小心翼翼地取下寶石，然後將它們收好。

　　小寶感到非常雀躍，他說道：「寶石已經到手，明天我們可以前往荔枝莊的山洞了。如果一切順利，我們便能解封七位夫人的靈魂了！」

　　晶靈看著密室牆上的圖形，說道：「牆的兩邊，看來分別刻上的是太陽系系統和原子核系統。縱使它們分別是宏觀世界和微觀世界的系統，但八大行星圍繞著太陽轉，與電子圍繞原子核轉，圖像竟然十分相像！」

　　小寶回應：「其實早已有科學家提出這個想法，不過引力和電磁力是不同的，或許除了牆上的圖形，是要提示這裡有宏觀世界和微觀世界聯繫的秘密？」

　　晶靈心想：「會是什麼秘密呢？」

　　小寶回答：「或許找到了山洞便會明白了。現在也

夜了，我們先休息，明天一早出發吧！

他們睡了一會便起床，胡亂地吃了點東西，帶了上水和食物，以及七顆寶石出發了！

步出大廈後，他們沿著沙灘而行，走向停車場。晶靈看著沉沉的大海，聆聽著風聲和海浪聲，心想著：「最渴望的生活就在這裡，又何必要等待將來呢？」

「看！」小寶的聲音突然打破了寧靜。「水平線上那顆最亮的星星是水星，它的光度現在約為 -0.1 等，今天正好是『水星西大距』，妳看它升得有多高！」

「什麼是『水星西大距』？」晶靈問道。

「這是對於地球來說，水星在太陽西側的位置，是它與太陽形成最大角度的時刻。因此它在天空中的位置最高，是觀測它的最佳時機。」小寶解釋道。「相反地，當它在太陽東側形成最大角度時，就是『水星東大距』。」

晶靈笑笑道：「在『西大距』和『東大距』時，水星距離地球也最遠嗎？」

小寶無奈地道：「不是呢，這是一種謬誤。『大距』不是指地球與水星的距離大，而是當從地球看時，水星與太陽的最大角距。那時候，水星是在太陽與地球之間拉出去約成直角的位置，距離地球是挺近的。至於水星距離地球最遠的時候，一般來說，是當太陽在這兩個行星中間，三者成一直線的時候。」

「為什麼你好像什麼都知道？」晶靈甜美地笑笑，

然後又仰望著水星道：「旁邊那顆比較黯淡的星星，又有什麼名堂？」

小寶打開車門讓晶靈先上車，然後自己再上車後，便回答道：「這是土星，它的光度今天約 0.5 等。」

「0.5 比 -0.1 大！為什麼光度有 0.5 等的土星，看起來比 -0.1 等的水星更暗淡？」晶靈好奇地問。「莫非因為水星比土星更靠近地球？」

「當然不是！」小寶一邊高速疾馳著，一邊認真地解釋道。「星等的計算方法，是數字越小代表越亮的星星。每相差一個星等，亮度大約相差 2.5 倍。例如 0 等星的亮度，大約是 1 等星的 2.5 倍。亮度 -1 等的星，大約又是 0 等星的 2.5 倍，因此負數的比正數的等星更亮！」

晶靈又想了想，說道：「土星對我們而言很遙遠，我們肉眼只能見到一點光，但科學家透過望遠鏡便看到了它的光環，那真是太神奇了！我也想親眼看看！」

「怎麼現在才說！」小寶說道。「我家裡就有一台天文望遠鏡，明天給妳看看土星環！」

「你不是家徒四壁的嗎？真是個怪人！怎麼家裡沒有化妝鏡，卻有天文望遠鏡？」晶靈感到奇怪地道。「望遠鏡放在哪裡？」

「在廚櫃裡。」小寶不好意思地笑了起來。

「資料文件放在雪櫃上，能看到土星環的神奇望遠鏡放在廚櫃裡！」晶靈總結完，然後捧著肚子大笑起來。

「說到神奇，『韋伯望遠鏡』就更加神奇了，它利用紅外線技術，尋找宇宙大爆炸之後誕生的第一批星系的光。」小寶盡力拉開一下話題，避免晶靈再笑他家徒四壁、東西亂丟，然後又像說書一樣，講解了宇宙新知一小時。

　　晶靈越聽越不明白，唯有笑著問道：「那麼你又把『韋伯望遠鏡』放在哪裡？這次是收在浴室裡嗎？」

　　「絕對不能把望遠鏡放在浴室裡！否則水蒸氣會影響它的鏡片！」小寶急忙認真地解釋著。「而且，『韋伯望遠鏡』的尺寸有 20 乘 14 公尺，和我家整個單位連露台的大小差不多！」

　　「這麼大？」晶靈問道。「那麼你把它放在哪裡呢？」

　　「『韋伯望遠鏡』並不是我的，它是由美國太空總署在 2021 年發射的，現在距離地球至少有 25 萬公里！」小寶笑著說道。

　　「真笨，我好像什麼都不知道！」晶靈有點無奈地嘆息。

　　「妳從 2010 年來的，當然不會知道！」小寶安慰她，但接著又說道：「但妳竟然沒有留意到這點，這真的有點笨了！」

　　在晶靈還未趕得及回應之際，小寶已經說道：「我們到達馬料水了！」

　　他們在車尾箱找了一些有用物品，包括手電筒、小

刀、火槍等等，帶在身上，然後走到碼頭去。

就在這時，一輛私家車快速駛來，停在小寶的車子後面。晶靈以為車主是要趕同一班渡輪，所以請船家稍等片刻。

車主下車後，大聲呼叫著：「小寶，性命攸關，留步啊！」

晶靈聽到「性命攸關」，不期然地恐懼起來，但是又瞥見小寶和他手上拿著的小刀和火槍，心神便立即定了下來，望向呼叫著的車主。

CHAPTER 9

西貢結界

在這個世界上，總有一個人，無論面對多少未知與障礙，只要有他在身邊，心中便會湧起一股莫名的安心，所有的恐懼都變得渺小……。

小寶驚訝地問道：「呀力，你怎麼會在這裡？」

晶靈雖然沒有說話，但她的表情卻比小寶更加驚訝，因為她在夢中曾經見過呀力的容貌和聲音，那是關於地獄的一個夢境。

一個從未見過面的人竟然出現在晶靈的夢境中！而且這已經不是第一次，晶靈在和小寶、安祖相遇之前，就已經夢見過他們。

「你們是要搭這一班船嗎？船快要開了。」船家問道。

呀力說：「小寶，不要！」

小寶卻拉著呀力說：「呀力，上船再說！」

於是，他們三人一起上了渡輪。船家看著這三個奇怪的人，收起了舷梯，渡輪在八點半準時啟航。

船上沒有冷氣，他們迎著海風，感受到一陣陣清新且帶有海水味道的潮濕空氣。小寶好奇地問道：「呀力，你為什麼會來這裡？是巧合還是有其他原因嗎？」

呀力深深吸了一口氣，才說：「小寶，有一件事非常匪夷所思，但是你一定要相信我！」

小寶笑著回答：「我們認識了這麼多年，你說的我便信了！」

呀力繼續說道：「過去十多年來，我一直斷斷續續到地獄傳福音……。」

　　小寶重複了一遍：「我是不是聽錯了，你去地獄傳福音？」

　　晶靈竟然在這時問：「你是不是在地獄的第二層『縱慾』層中，向受苦的妓女靈魂傳福音？」

　　呀力非常驚訝，他問道：「妳為何知道呢？」

　　晶靈不好意思地說：「真抱歉，嚇到你了！我是在夢境中看到你在地獄傳福音的。原來，你和小寶是認識的！」

　　小寶說：「呀力，她便是我多年來經常向你提起的晶靈了！」

　　呀力點頭道：「原來妳就是晶靈！今天我來，是因為剛才當我又進入地獄第二層拯救一個靈魂時，我聽到她說了一件怪事，是有關你們兩個的！」

　　晶靈奇怪道：「誰會在地獄說起我們？」

　　呀力說：「我不知道她的姓名，只知道她生前曾在愛爾蘭當妓女。」

　　晶靈追問：「那麼她說我們什麼？」

　　呀力說道：「當那靈魂信神後離開地獄的途中，我剛好也在那裡。她告訴我，她的靈魂不會進入天堂，而是要返回人間，因為有人告訴她，今天會發生兩個天文現象，她可以借此機會還陽。那人告訴她，有兩個人

今天會乘船前往荔枝莊，他們一個叫小寶、另一個叫晶靈。」

晶靈驚訝地說道：「那就是我們了！」

呀力繼續說道：「然而，她提到這次還陽會使用一個替身。根據我的瞭解，這就是『一命換一命』。要是這樣，你們可能會有危險！」

小寶說：「我們今天前往荔枝莊，是為了救我前世的七位夫人。難得我們終於找到了新的線索，值得繼續進行探索，不應該放棄。要是遇到什麼古怪的情況，我們會隨機應變！」

經過深涌後，他們便抵達了荔枝莊碼頭。呀力說：「我想繼續乘船去赤徑，探索有名的『西貢結界』。」

晶靈有種奇怪的預感，叮囑道：「呀力，你要小心點啊！」

晶靈和小寶下船後，與呀力揮揮手，渡輪又緩慢地離開了碼頭。

晶靈轉過身來，看看第一次造訪的荔枝莊。

放眼遠望，盡是山坡、岩石和草木，整個山頭，就只有他們兩個站在小小的碼頭上。

「現在是 9 時 15 分，回程的渡輪會在下午 3 時 45 分開出，我們有 6 個半小時進行探索！」小寶總是計算得很精準。

晶靈忍不住問道：「呀力要找的『西貢結界』是指

什麼？這個名字聽起來很可怕呢！」

小寶回答說：「民間一直流傳著一個傳說，在香港西貢大蚊山一帶，即赤徑的附近，有一個神秘的結界。在過去 20 年間，曾經多次有行山人士進入這片區域後失蹤，有些從此沒有再出現，也有其他行山人士在山上迷失數天，期間迷迷糊糊，並經歷了各種幻覺。」

晶靈說：「西貢的山區並不算很大，難道連搜救人員也找不到他們嗎？」

小寶想了一想，然後繼續說：「在 2005 年，有一位姓丁的反黑組探員獨自前往西貢行山，他在大浪西灣的士多（雜貨店）借用電話之後，便消失了。期間，丁探員曾經致電警察局緊急熱線，並嘗試告知接線生座標號碼。然而，他所說的並非麥理浩徑標距柱上的號碼，而只是事後無人能夠分析出來的數字，包括『586』、『487020』和『5870』。」

晶靈困惑地說：「這些數字好像都沒有特別含義呢！」

小寶繼續說：「後來，丁探員喊了兩聲救命，表示自己記不起回頭路之後，電話便掛斷了。當時，警方大為震驚，並派遣大批警員上山搜尋，可是，丁探員從此下落不明，消失在西貢山頭中，自此杳無音訊。」

晶靈嚥了口口水，說道：「這個故事真的很嚇人啊！」

小寶又繼續講述：「當時有一位協助搜救丁探員的

行山人士黃先生，幾年後也在獨自行山時失蹤，同樣也再也沒有出現過。」

晶靈感到一陣寒意，四處張望了一下，然後問道：「大蚊山的位置離這裡遠嗎？」

小寶笑著回答說：「並不算近，從這裡到大蚊山需要經過幾座山頭，步行也需要幾個小時的時間。」

晶靈立刻鬆了一口氣，但小寶又說：「然而，就在去年，在這裡西南方的馬鞍山郊野公園，出現了兩次懷疑是『結界』事件的案例。其中一位男士的屍體一週後被發現，而另一名男學生似乎在狂風暴雨中安然渡過了八天。」

小寶又說：「有關那位男士的事，當時報紙上大肆報導，而民間團體也積極協助搜救。由於科技的進步，有些熱心人士利用手機信號覆蓋範圍進行分析，甚至有人利用無人機進行空拍，可惜結果還是事與願違。」

晶靈問道：「那麼那位學生，是進入又離開了『結界』嗎？」

小寶接著說道：「那位男學生可能是因為年輕體壯，再加上幸運，才能成功獲救。其實這兩個案例都可能只是普通的迷路，未必是闖進了傳說中的『結界』。」

晶靈擔心地說：「呀力去赤徑和大蚊山一帶找『結界』，他會不會遇到危險呢？」

小寶笑著回答：「呀力喜歡尋幽探秘，他經驗豐富，連地獄也來去自如，我們不必擔心他的安全。」

晶靈心念一轉，又問道：「那麼我們會不會誤闖『結界』呢？」

小寶笑著說：「我們只要沿著岸邊走，就能到達山洞，根本不需要走上高山，所以不用擔心誤闖『結界』。」

「山洞在哪裡？」晶靈立即問道。

小寶指著東邊的對岸：「就在那裡！繞山路過去，大約走一小時便能到達。」

「走一小時的山路？」晶靈睜大眼睛，「有沒有捷徑？」

「有！」小寶看著風高浪急的海面說：「游水過去只需要 30 分鐘。」

晶靈提議道：「試一試水流的方向！」

她立即找了兩段大木頭，準備拋進海中測試水流。那兩段木頭上面的樹紋很特別，橫切面上都有一大片心形的淺紋，那是它們年輪的紋理。

晶靈也看看周遭其他木頭，好奇地問道：「為何只有這兩段木頭的年輪是心形的呢？」

小寶看著心形的年輪，解釋道：「樹木的年輪，除了受到生長因素，例如陽光方向所影響，也會因為其他物理原因，例如蟲害，而令它們生長出獨特的紋理。」

晶靈撫摸著木頭，仔細察看：「它們還是這麼完整美麗，不像是受到侵害吧！你再說，還有什麼原因令它們的心心圖案這麼完美？」

小寶微笑道：「答案是大自然的奇妙！」

　　「那就讓大自然的奇妙，告訴我們水流有多急，我們能否順著水流游過對岸吧！」晶靈說著，便將這兩片心心大木頭拋進海中。

頭顱樹林

兩片心相遇同行，為了生活卻不得不隨波逐流。在水流的衝擊下，或許能朝著同一方向前行，也可能被波濤沖散分開，一切往往是不由自主的。

　　大浪拍打著木頭，它們翻滾著，被海浪捲出大海。顯然，水流的方向並非流向對岸。於是，晶靈只好老老實實地與小寶走山路去。

　　晶靈一邊走一邊說：「這裡看來杳無人煙，但又不像一般的郊區那樣寧靜。就好像這片暗紅色的石灘一樣，岩石上的紋狀特別奇怪，令人感到有點心寒。」

　　「這是因為荔枝莊有兩個出名的特點！」小寶立即解釋道。

　　「有什麼特點？」晶靈好奇地問道。

　　「首先，荔枝莊是著名的地質公園。由於地殼運動的影響，古老的岩石都給翻上了地面，當中包括了後侏羅紀時代的岩石。我們看見各種顏色和多樣化的岩石，包括花崗岩、凝灰岩和沉積岩，其中最罕見的是火山碎屑沉積岩。」小寶解釋說。「這裡的地貌既古老又神秘，如果往海床的西邊走一公里，便會看到著名的『巨人洗衫板』，它是由大型岩石褶曲而成的。」

　　「大自然的力量真的很不可思議！」晶靈讚嘆道。

　　小寶點頭表示贊同：「香港地質公園享譽國際，它是一個受到國際地質科學界認可的地質遺產，以地質景觀、遺跡和自然地貌為主題，展示香港在地球科學方面的獨特價值。每當有內地或海外的朋友來香港，我都會極力推薦他們前往參觀，這裡絕對值得一看！」

晶靈說道：「除了是地質公園之外，荔枝莊裡另一個出名的特點是什麼？」

小寶陰沉地說：「猛鬼！」

晶靈嚇了一跳，她望著小寶，等他進一步解釋。

「前面不遠處有一個村莊，長久以來，這裡都有不少關於鬼怪的傳說。」小寶說道。「我們左前方的那片樹林據說是最多猛鬼的地方，聽說夜裡樹上會冒出一顆顆頭顱。」

晶靈感到背脊發涼，此時，小寶繼續說道：「我們現在要左轉，穿過這片樹林，走到另一邊的山坡，然後再左轉走一段路就能找到山洞了！」

「我們必須穿過『頭顱樹林』嗎？」晶靈害怕地問道。

「這是唯一的陸路了！」小寶回答。「要不然我們可以回到碼頭，游水過去。」

晶靈唯有緊緊拉著小寶的手，硬著頭皮進入「頭顱樹林」。

「頭顱樹林」的樹木遮擋了一些陽光，使得路上特別陰暗，當他們走到樹林的一半時，晶靈感覺到有些不對勁。她看到前方的樹木上都掛著一條條紅繩，紅繩的長度剛好及地，形成了一道由紅繩編織而成的門簾。要繼續前進，他們就不得不穿過這「紅繩門簾」。

「古書內有記載到這情形，這是『蜚廉太太』的邪術！」小寶急忙提醒晶靈。「我們要小心行事！」

還沒說完，突然一陣狂風吹起，掀開了「紅繩門簾」，他們看到前方每棵樹上都長著一個巨大的頭顱，目光陰森而兇狠。就在這時，強風把門簾上的紅繩吹向晶靈，紅繩迅速纏繞住她的四肢，令她不能動彈！

小寶立即拔出小刀，將紅繩全部斬斷！

折斷的紅繩掉在泥土上，瞬間變成了一條條紅色小蛇。它們伸出舌頭，一起向晶靈蠕動過來！小寶立即燃點火槍，火焰向小蛇噴射而去，然後它們化作了一陣紅色的輕煙，漸漸升上空中。

「快走！」小寶一聲大叫，拉著晶靈回頭狂奔！那陣紅色的煙霧追趕著他們，如閃電般迅速飛舞。就在被紅煙追到之際，他們剛好逃離了「頭顱樹林」。

紅色的煙霧就停留在「頭顱樹林」的入口處，但仍然作勢向前湧動。它們散發出強烈的仇殺意念，彷彿是一堆被詛咒了的生命！

晶靈和小寶緊緊相依，呆望著眼前的奇景，不知如何反應。

這時，突然風雲色變，天上佈滿灰黑的雲。電光一閃一閃，不停打入「頭顱樹林」中央的位置，正好就是他們剛剛遇到襲擊的地方！然後，他們聽到閃電擊中物件的爆炸聲，連綿不斷，聽起來密集如槍聲。槍聲之中，又夾雜著慘叫聲！

「是不是閃電在擊打那些頭顱？」晶靈突然想到。

「不知為何，我也有同樣的聯想！」小寶點頭表示

贊同。「我真喜歡這些令人振奮的槍聲！」

突然間，一道紅光像激光一樣直射向天空，它似乎擊中些什麼，然後天空中有東西掉了下來！與此同時，閃電停止了，槍聲也停了，黑雲消散了，連眼前的紅色煙霧也變成了灰色，如凋謝了般通通散落在地面上。

「煙霧好像『死掉』了！」晶靈說道。

小寶思考著，自言自語地說：「『蜚廉太太』是 300 多年前的人，為什麼她的『法障』還會出現在這裡呢？」

就在這時，從村莊的方向傳來腳步聲，步伐快而有力，似乎有人正奔跑過來。腳步聲越來越近，沒多久，一個高大的身影出現在遠處，他跑得非常快，一看到晶靈和小寶，便向他們揮手！

那是一個金髮碧眼的外籍男人，見他臉不紅、氣不喘地跑過來。他看來很友善，笑容滿面地介紹自己：「我叫奧斯卡，來自愛爾蘭，住在前面的村莊！」

「我叫小寶，這位是晶靈。」小寶也簡單地介紹了自己和晶靈。

「剛才你們是否進入了『頭顱樹林』？」奧斯卡指著樹林問道。

「是的！」小寶回答道。「我們的目的地是對面山坡下以北的一個小山洞。看來只能通過這片樹林，才能從陸路前往。」

奧斯卡說：「大約兩個多星期前，那是農曆七月鬼門關大開的日子，在這裡發生了一件神秘的事。有一位

神秘的太太，她修煉法術，將前來人世的鬼魂拘留在這片有『障法』的樹林中，讓它們趕不及在鬼門關閉之前返回鬼界。因此，它們只能留在這裡。」

「那些鬼魂就是裡面的頭顱嗎？」晶靈害怕地問道。

奧斯卡回答道：「那些鬼魂在日照下不能生存，因此他們白天都躲在神秘太太於樹林中預備的法術頭顱中。每一個頭顱，都可以容納成千上萬的鬼魂。」

「那麼到了晚上，這些鬼魂會在周圍活動嗎？」晶靈問道。

「是的，但只限於荔枝莊廢村的範圍內。」奧斯卡回答道。

「那位神秘太太，為什麼要這樣做呢？」小寶問道。

「今天黃昏將有『金星合月』的天文現象，她要在這之前，在祭壇作法進行法事。在作法時，任何打擾都是禁止的，所以她在這唯一的通道上設置屏障，以保護祭壇！」奧斯卡解釋道。

「她要做什麼法事？」小寶追問。

奧斯卡突然神色一閃，眨了眨眼，然後張開雙手說道：「這個我也不清楚！」

小寶從奧斯卡的表情中，感覺到他其實是知情的！奧斯卡的態度讓小寶感到懷疑，但他決定先暗中觀察，暫時不揭穿他。

水鬼找替身

「愛一個人，便會有保護她的欲望。妳別擔心自己的脆弱，因為有我在。」小寶望住晶靈的背影，暗自發誓要好好守護她。

「現在『障法』好像已經『凋謝』了！」晶靈說道。「我們是不是可以從『頭顱樹林』過去，找那個山洞了？」

「應該可以！」奧斯卡回答道。「我對這條路很熟悉，讓我帶你們過去吧！」

「那快走吧！」晶靈拉著小寶的手說。「我們在山洞解封靈魂之後，還要趕回來乘坐尾班渡輪，不能耽擱太久呢！」

小寶感到事情可能不會這樣簡單，但避免奧斯卡察覺到他起了疑心，於是他仍微笑著回答：「妳說怎樣便怎樣吧！」

於是，晶靈、小寶和奧斯卡一行三人，一起走進「頭顱樹林」。當他們走到樹林中央，也就是「紅繩門簾」的位置時，看到樹木已紛紛倒下，像戰爭過後的廢墟一樣，滿目瘡痍。原本的道路已經被倒下的大樹阻擋，一層一層，看起來似乎已經不能通行了。

此時，奧斯卡顯得非常激動，他一頭鑽進樹林之間的空隙，似乎比晶靈和小寶更急於前往山洞那邊！

「奧斯卡為什麼這麼急著想要過去呢？」小寶心中疑惑，他裝作沒注意到奧斯卡奇怪的行動，把臉轉過去觀察地上的痕跡，卻暗中觀察他的舉動。

奧斯卡看到唯一通道已經被阻塞，但蘇菲亞的「替身」，就在他的身邊，他要帶晶靈過去！施法術的神秘太太說過，今天難得同時出現兩個內行星的天文現象，分別是「水星西大距」和「金星合月」。在這特定的情況下，她能佈下「復活咒術」令蘇菲亞復活！

　　神秘太太也說過，她占卜到「替身」今天會自投羅網。因此，奧斯卡必須在日落前將晶靈帶到祭壇前的海域，這樣蘇菲亞的靈魂便能轉移到「替身」的身體中。如果不能在今天內把「替身」帶過去，蘇菲亞將難以復活！

　　奧斯卡心急如焚，亂爬亂抓，直到被樹枝刮傷了手臂，疼痛的感覺才令他回過神來。

　　奧斯卡轉過身，立刻裝扮出友善的態度，更聲稱自己只是忙於幫助晶靈和小寶找路，才不小心割傷了手臂。

　　兩位男士各懷心思，卻只有晶靈傻呼呼地認為奧斯卡是好人！看到他手臂流血，晶靈急忙上前幫他包紮，並說：「奧斯卡，謝謝你幫我們找路，你的心地真好！」

　　奧斯卡望著晶靈說：「也謝謝妳幫我包紮，我的愛人也和妳一樣善良，她叫蘇菲亞！」

　　「蘇菲亞這個名字真美！」晶靈讚美道。「她現在在村莊裡嗎？」

　　奧斯卡輕聲回答：「不，她已經死了，大概半年前的事情。」

　　「啊！對不起！」晶靈抱歉地說道。

「沒關係！」奧斯卡說道。「我們先回到村莊，看看有沒有工具可以翻越這座倒塌的樹林吧。」

「你的手臂受傷，不如先休息一下！」晶靈向奧斯卡提議，她又轉向小寶說：「其實我們都不是很趕，不如改天再來吧！」

「不行！」奧斯卡堅決反對道。「今天就要帶你們過去！」

這次連晶靈都感到他的態度有點奇怪，心想：「難道蘇菲亞的靈魂，也像小寶前世七位夫人一樣，在那邊的山洞中需要解救嗎？」

晶靈正想發問，卻被小寶搶著提議道：「我們還是聽從奧斯卡的建議，先回村莊吧。」

突然，有一陣風吹過，晶靈嗅到了一些香味，心道：「這種味道似曾相識，對了，是檀香的香氣。」

她迎風望過去，發現有被斬掉的樹幹，樹身不見了，只剩下短短的樹幹和樹根。晶靈走了過去察看，確認香味是來自樹幹。雖然樹身被斬掉，但樹幹卻充滿了生命力。她心道：「這棵樹應該是死了吧，怎麼感到它還是有生命呢？」

「這種感覺如此熟悉，是在哪裡看過呢？」晶靈疑惑著。

這時，奧斯卡心急地叫道：「快走吧，否則天黑前過去不了！」

於是，他們便離開了「頭顱樹林」。

在前往村莊的路上，晶靈說道：「這個地方叫做『荔枝莊』，我還以為這裡會種滿荔枝樹呢。」

　　「這裡現在已經沒有荔枝樹了。」奧斯卡說道。「很久以前，這個村莊種了很多荔枝樹。但後來，村莊突然鬧鬼，一些村民在晚上看到荔枝樹上長滿了人頭。於是，膽子較大的村民，便把荔枝樹燒光，而膽小的人都立即搬走了。右邊這些廢棄的村莊和田野，就是這樣來的！」

　　「奧斯卡，那你為什麼還住在這裡？」晶靈問道。

　　「為了蘇菲亞。」奧斯卡簡單地回答。

　　「你們是怎樣認識的呢？」晶靈對於愛情故事非常感興趣。

　　奧斯卡笑了笑，回答道：「我們是中學同學！我比蘇菲亞大一歲，原本是她的學長。後來因為我的成績不理想，留級了一年，成為了她的同學。可是，我真的不是讀書的好材料，後來又因為英文成績不合格，我再留級一次。那時，蘇菲亞就成我的學姐了。」

　　「愛爾蘭人的英文不合格？」小寶感到很奇怪，但再想深一層，他自己的中文考試也有不合格的。

　　「我一直都很喜歡蘇菲亞，但她是一個十全十美的女孩，而我卻毫無長處，學業成績又差。我覺得自己高攀不上她，於是，決定離開愛爾蘭，前往美國留學，將自己鍛鍊得更強！」奧斯卡繼續說道。「臨走的那天，我邀請蘇菲亞一起郊遊。我決定發憤唸書，並承諾在完成學士和碩士學位後，回來後再請她做我的女朋友。」

「那麼，你最後完成了碩士學位嗎？」晶靈好奇地問道。

「完成了！當時我滿心歡喜回到愛爾蘭，希望通過一位好兄弟去聯絡蘇菲亞，他卻告訴我蘇菲亞不想再見我了！」奧斯卡悲傷地說道。

「蘇菲亞真是狠心！」晶靈嘆息道。

「後來我才知道，這並不是事實！原來，那位好兄弟當時正在追求蘇菲亞，他不想我找到她！」奧斯卡憤憤不平地說道。「我許多年後才知道這個事實！那時，蘇菲亞已經結婚了，我也沒有去打擾她。」

「蘇菲亞不是和那位兄弟結婚了吧！」晶靈問道。

「不是！」奧斯卡回答道。「不過，我對他欺騙我感到非常憤怒，結果我殺了他，之後我坐牢 20 多年。出獄後，我離開了愛爾蘭，輾轉來到了香港。然而，我不幸患上了腦腫瘤，需要接受手術，而手術的成功率只有不到百分之十，換句話說，當時是九死一生。」

「然後又怎樣？」晶靈感到他的經歷非常悲慘。

「在手術之前，我在瑪麗醫院重遇了蘇菲亞，那時才知道她也來到了香港！多年沒見，再次相見後，我們才發現彼此深愛著對方！」奧斯卡深深地吸了一口氣，繼續說道：「那天，我們談了很久，承諾出院後要一起幸福地生活。她的鼓勵，讓我的生存意志大大增強！我的手術竟然成功了！」

「那太好了！」晶靈為他們感到高興。

「然而，我從手術中醒過來之後，就再也沒有見過她了。」奧斯卡傷心地說道。「她住在離島上，因為那天她留在醫院和我詳談，所以遲了回家，趕不及尾班船。於是，她搭乘了一艘私人街渡，但那艘船在途中沉沒了。她死了！」

晶靈的心一酸，流下了眼淚，她不知道可以怎樣安慰奧斯卡。

奧斯卡看到晶靈哭了，問道：「妳為什麼哭了？」

「我為你的經歷感到心疼。」晶靈說道。「但是，我希望你能重新振作起來。這麼重情的人，一定會再遇到另一個愛你的伴侶，你是值得被愛的！」

「我只是個殺人犯！大家都唾棄我！」奧斯卡搖頭道。

「無論如何，就憑你對蘇菲亞的深情，我就知你一定是一個好人！」晶靈堅定地說道。「你不會傷害所有愛你和支持你的人！」

奧斯卡望著晶靈，心腸軟了下來。然而，一想到他必須為蘇菲亞復活而尋找一個「替身」，他的心又變得如冰一樣又硬又冷。

CHAPTER
12

荔枝莊鬼屋

「愛是自私的，為了她，我連世界也可以毀滅！」
奧斯卡緊握拳頭，默默向宇宙宣告他的決心。

他們三人由「頭顱樹林」走到村莊大約花了 30 分
鐘。晶靈和奧斯卡邊走邊談，而小寶卻全程默不作聲，
他只是在默默觀察著奧斯卡的一舉一動。

小寶現在最擔心的，是奧斯卡的表情從柔和轉變為
冷酷。畢竟他曾經是一個殺人犯，能夠如此狠心殺人，
心理狀態可能和常人不同。雖然未知葫蘆裡面賣什麼藥，
但無論如何，每一刻都必須保持警惕和小心提防。

這個村莊有十數間散落的村屋，其中有些門前雜草
叢生，看起來已經廢棄了。

「這個村莊平時只有我一個人在，假日的時候有幾
間屋子偶爾會有人回來。剩下的，早已沒有人打理了。」
奧斯卡說道。

「我們不如周圍找找，村中有沒有鋤頭或者鋸刀之
類的工具，用來清理倒塌的樹木。」晶靈提議道。

「樹林倒塌的範圍看來甚廣，這些工具似乎未必幫
得上忙。」小寶分析道。

「那我們找找有沒有可以浮起來的東西，避開陸路
走水路，撐船過去！」晶靈提出了新的建議，她覺得這
個主意不錯。

**他們在不同的村屋裡尋找，但找不到適合浮起來的
東西。**

「不如我們紮一個木筏，從碼頭漂過對岸！」晶靈

又有新提議，不過她想起剛才用木頭測試水流的情形，又覺得行不通，於是搖了搖頭說：「小寶，你快想想辦法吧！」

「我們飛過去！」小寶說道。

「好啊！但你能飛嗎？」晶靈立即笑著問道。

小寶指著村屋花園地上的物品，說道：「這看來是滑翔翼，還有兩個呢！我們或許能利用它們從空中飛過去！」

奧斯卡也走了過來，和小寶一起檢查滑翔翼。他說：「這是懸掛式三角翼（滑翔翼）！你們兩個懂得玩嗎？」

當晶靈搖搖頭表示不會的時候，小寶立刻說：「我會操作！」

「小寶可以帶晶靈一起滑翔過去。」奧斯卡提議道。「我用另一個滑翔翼自己一個人過去。」

「好，就這麼決定吧！」小寶同意道。

奧斯卡指著一個較高的山丘說：「我們可以利用那個山丘，那裡有一段助跑長度超過 10 公尺的地方，坡度為 15 度左右，而且山坡逆風。」

小寶點頭贊同，說道：「這樣的地形和風向最適合起飛了，我們快上山吧！」

說罷，他們攜帶著兩個滑翔翼一起登上山丘。

上山後，小寶和奧斯卡打開滑翔翼，再仔細檢查一遍。小寶指著遠方一座紅色的小屋子說：「晶靈，我們

的目的地是右前方，妳看見遠處那座紅色小屋子嗎？」

晶靈沿著小寶指的方向，找到了那座小屋子，她回答：「我看見了！」

「留心聽著！」小寶非常認真地解說。「待會，妳靠在我的背上，我會扣上安全扣，然後我們沿著逆風方向跑大約五步，以氣流滑翔出去。」

「為什麼要逆風起飛？我還以為順風飛會更好！」晶靈問道。

「和一般飛機起飛的原理一樣，在逆風時滑翔翼會產生上升力和阻力的空氣動力，我們要利用這種空氣作用，使滑翔翼和空氣相對運動起來。」小寶解釋道。

這時，奧斯卡已經準備好了，他說：「我先出發了！」

奧斯卡跑了幾步，然後挺起身子，滑翔出去。接著，晶靈和小寶也一起起飛了！

小寶迎著風晃動滑翔，晶靈緊緊伏在他的背上，令他感受到她的心跳，他想趁這浪漫的時刻向晶靈表白。可是不知怎地，總是難以啟齒。

小寶努力鼓起了勇氣，卻只是說：「晶靈，妳看到下面海浪的波紋嗎？」

晶靈望著洶湧的海浪，卻小聲回答道：「不知道那兩塊心形紋木頭被沖到哪裡去了，它們給沖散了，從此不再碰上了嗎？」

小寶笑道：「別理會兩塊木頭了，妳看，山上便有無數的木頭！」

晶靈卻道：「就算山上有無數的木頭，每塊木頭也是不同的！海浪的波紋才是一樣呢，來來去去也只是或高或低的波浪，有什麼好看？」

小寶一本正經地道：「波的現象，在物理學中是極之重要的概念！我問妳，光是粒性，還是波性的呢？」

晶靈難得對這些深奧的東西還有印象，於是大聲地回答：「我記得啊！光是由不連續的能量粒子組成，光子在光電效應中展現出粒子特性！」

小寶說道：「但妳還記得中學做物理科實驗時，老師設置了雙縫實驗，並把一個光源通過兩個狹縫照射到一個平面上嗎？」

晶靈回想起來，說：「我記得！平面上顯示了明暗相間的條紋，老師說條紋是由光波的干涉造成的。光的條紋表示光波重疊在一起，是建設性干涉，而暗的條紋則表示光波互相抵銷，是破壞性干涉。如此一來，光是波性，而不是粒性了嗎……？」

小寶笑道：「難得妳還記得！這個光的雙縫實驗實驗是在 200 多年前，由英國物理學家楊格（Young）提出，支持了光的波動理論，並且比光的粒子理論更早被提出。」

晶靈感到很混亂：「又是波性理論，又是粒性理論。那麼，究竟光是波性還是粒性的呢？」

小寶繼續笑道：「這問題問得很好！當光電效應中展現出光的粒子特性時，科學家們跟妳一樣都摸不著頭腦，大家都在問：究竟光是波性還是粒性的呢？」

晶靈不明白，卻賭氣道：「為什麼只能是二選一？我就認為可以同時有波性和粒性！」

小寶驚訝地說：「妳對了，光就是同時有波性和粒性的！約 100 年前，法國物理學家德布羅意（Broglie）提出了物質波概念，認為所有量子粒子也有波性，最後衍生了量子力學中著名的「波粒二象性」（Wave-Particle Duality）理論。粒子出現波性還是粒性，只是取決於我們觀察的方式而已。」

晶靈笑道：「這真有趣呢，但微觀世界真的很複雜。」

小寶笑道：「這就是量子世界的魅力所在。」

晶靈也道：「什麼也知道的小寶也很有魅力！」

小寶聽到，突然害羞得臉也紅了起來。他決定鼓起勇氣開口表白，但看見目的地就在前面，於是最終只是說：「我們快到了！」

他們飛過了「頭顱樹林」，離小紅屋越來越近，準備著陸了！

降落過程十分順利，小紅屋前方，沿海有一段 20 公尺長的平地，奧斯卡的滑翔傘輕鬆降落，晶靈和小寶也跟著著陸。

小紅屋橫匾上寫著「嬴氏宗祠」四個大字，木質的

大門半掩著，門的兩側看似刻著一對對聯，但由於油漆剝落，只能看到左側寫著「德澤流芳」四字，右邊的字模糊不清。

「這就是『荔枝莊鬼屋』！」小寶告訴晶靈。「只有那些『時運低』的人才會看到它！」

「真的嗎？」晶靈感到一陣寒意，深深吸了口氣。

「我們進去吧！」奧斯卡突然非常心急地催促他們。

然而，小寶卻說：「我們要找的是一個山洞，而不是祠堂。」

「我說進去就進去！」奧斯卡用強迫的口吻喊道。

「不進去！」小寶堅決拒絕。

突然，一道嬌媚的聲音從祠堂中傳出，然後一個瘦弱的身影拉開門走了出來。

「神秘太太！」奧斯卡恭敬地稱呼她。

神秘太太沒有理會奧斯卡，她只是打量著小寶，然後似笑非笑地說：「有朋自遠方來，不亦樂乎。」

「蜚廉太太！」小寶回應道。

晶靈也打量著面前的神秘太太，見她弱不禁風的模樣，卻帶有一種妖媚的氣質。她問小寶：「你為什麼叫她蜚廉太太？你不是說過，蜚廉太太是 300 多年前的人嗎？她不是應該已經死了嗎？」

蜚廉太太說：「我占卜到今天會有『替身』自投羅

網，但萬萬估不到原來是故人！」

晶靈和小寶不明白蜚廉太太在說什麼，他們面面相覷，沒有回應。蜚廉太太接著問道：「小寶，你今天又來幹嘛？」

「她為什麼知道你叫小寶？」晶靈又問小寶。

蜚廉太太又說：「八夫人，妳也來了！」

「八夫人？」晶靈一時間摸不著頭腦。

小寶小聲地在她耳邊說：「妳的前世就是八夫人！」

「怎麼可能？」晶靈反對道。「我是那個醜八怪嗎？」

「我從來沒這麼說過呢！」小寶感到十分無奈。

蜚廉太太乾咳了一聲，說道：「猶如奇蹟一樣，你們兩位的前世今生，居然長得一模一樣！」

CHAPTER

13

祈禱

「雜亂的記憶片段突然紛至沓來，是我的胡思亂想，還是受到古卷日記中描寫的影響？站在我面前的，究竟是前世的她，還是今世的她？」小寶不禁感到心神恍惚。

晶靈鼓起腮子說：「妳就是蜚廉太太，對吧！我們來是為了解救七位夫人。時間已經過了這麼多年，麻煩妳行個方便，放了她們吧！」

蜚廉太太搖頭說：「本來嘛！念在與你們兩世相遇，什麼都可以商量！不過，今天恰好要用她們的靈魂來做我的法具，來成全奧斯卡的願望！」

奧斯卡原本見他們相認，以為自己的願望會泡湯。但見蜚廉太太仍然願意為他作法，急忙指著晶靈說道：「感謝神秘太太！這是妳所要的人。我帶她來了！」

晶靈聽到後，瞪大眼睛望著他們。而小寶迅速上前，擋在她的身前。

蜚廉太太自傲地一笑，說道：「幾百年了，我的修行已經遠超你們前世的時候，我現在能夠令死人復活。如果我能成功復活那個名為蘇菲亞的女水鬼，我的修行會再大大提升。如今七件法具和一個替身都齊全了，就讓你們見識一下我掌握生死的偉大能力吧！」

晶靈指著自己，不服氣地問道：「妳說我就是那替身嗎？為什麼是我？」

蜚廉太太解釋道：「替身只是隨意的一個同性活人身體。我已經在祭壇上建立好了『復活咒法』，我們只

需要在『金星合月』之時，將一個活著的女性身體丟入前方這『幽冥海域』中，那個水鬼便能以她為替身，復活過來！」

晶靈看著「幽冥海域」，不禁感到心寒。那片海域就在他們面前，大約五公尺乘五公尺大小，呈暗紅色。整個大海波濤洶湧，唯有那一部分海域是靜止的，充滿著死亡氛圍。

「我們本來找了一個女孩來，可惜她逃跑了。」奧斯卡補充。「本以為這次法事趕不及了，怎料你們今天便來荔枝莊，也許這就是天意吧！」

就在這時，蜚廉太太向晶靈和小寶的方向撒了一把紅色粉末。粉末迅速飛向他們，形成一個大球體將他們包圍起來！

小寶也不知道那些紅色粉末究竟是什麼，他只能抱住晶靈保護她，靜觀其變。

「收起！」蜚廉太太做了一個抓捕的手勢。

那紅色粉末球立即縮小，像變成一張網，緊緊地將他們兩個包住！

蜚廉太太只用了一招，便成功地捉住了他們！

小寶和晶靈被困在紅色網中，連掙扎也做不到，只是勉強還能夠呼吸。

「這是『紅蠶蛹咒』，你們一時三刻不會死去的！」蜚廉太太冷冷地說道。「再過一個時辰，我就會將八夫人丟入『幽冥海域』。到那時，水鬼就會取代妳的身體，

復活過來！」

他們昨天好不容易才打敗了魔鬼，離開了「夢境世界」，現在晶靈卻要做水鬼的「替身」！

「我快要死了嗎？」晶靈在小寶耳邊幽幽地問到，她的聲音充滿了絕望。

小寶並沒有回答她的問題，卻問道：「蜚廉太太，為什麼法事要在今天進行呢？」

蜚廉太太解釋說：「『復活咒術』是一門極高階的咒術，在施展的時候必須由魔力最強大的法師預先準備好祭壇、『幽冥海域』、七件法具和一個活人替身。然而，咒術的成敗還受制於天命！因為咒術的施展時間，最近地球的行星，即金星和水星的存在會對地球起了保護作用，它們會禁制了『復活咒術』！在這種困難之下，施法需要特定的時機！」

小寶追問道：「今天同日有兩個天文現象『金星合月』和『水星西大距』，它們會影響兩星對地球的保護嗎？」

蜚廉太太笑著回答：「小寶你今世還是那麼聰明啊！在酉時，『金星合月』的天象將會出現，月亮將會阻擋並減弱大部分金星對地球的保護。」

她望向天空，繼續說道：「而且，今天正好是『水星西大距』，水星離地球太遠，對地球的保護力量減弱。以我擁有的魔力，已剛好能夠在今天駕馭得到『復活咒術』了！」

小寶聽到她說「水星離地球太遠」時，知道她和晶靈一樣，誤以為「距」，是星體之間的距離。他心道：「他的魔力真的足夠駕馭到實際上較近距離水星的保護嗎？」

當然，小寶不打算更正蜚廉太太的錯誤。她的每一個破綻也是他和晶靈活命的契機，他打算繼續從對話中找出蜚廉太太更多的破綻。

這時，晶靈問小寶：「那『金星合月』是什麼意思？」

小寶輕聲向晶靈解釋：「『金星合月』是指金星和月亮出現在同一經度，在它們運行的軌道上，互相距離接近的天文現象。今天的『金星合月』將在傍晚 6 時 16 分出現，從地球的角度來看，金星將位於月球的斜後方。根據蜚廉太太所說，金星原本對地球有保護力量，但在那個時候，月球會阻擋了部分的保護力量。」

小寶又補充了一句：「星體對人們的影響，實在比我們所知的更多！這就是為何我們常常聽到，要看《通勝》摘日。摘日摘時辰，就是在摘星體的位置。」

這時，蜚廉太太又插話說道：「小寶，你問了這麼多問題也沒有用！我使用的『紅蠶蛹咒』將繼續封鎖你們一個時辰。八夫人如果有什麼遺言，可以趁這個時辰好好告訴小寶，哈哈！」

蜚廉太太說著，邀請奧斯卡進入小紅屋，他們看來要商討待會「復活魔咒」的細節。

奧斯卡在進屋之前回望了晶靈一眼，看到她在落

淚，心中起了一絲不忍。但是，蘇菲亞對他來說實在太重要了！蜚廉太太曾告訴他，適合施展「復活咒術」的天文條件百年難得一遇，他不能再等了！

晶靈低下頭，輕輕地說：「原來之前我在夢境中聽到的說話都是假的。你說過我們今生會一起經歷很多事情，但我即將成為『替身』，很快會死去了！」

平時口若懸河的小寶，這時突然變得不懂得說話。如果晶靈死了，他也不打算獨活。在生死存亡之際，他只是怔怔地望著晶靈，什麼也不想做，卻只想在最後的每分每秒保護她。他很想向晶靈表白，但在這種情況下，他不知為何又覺得難以啟齒。他感到理智盡失，滿腦子只是充斥著愛情，不禁心想：「愛，究竟是什麼？」

小寶不斷努力思考著。

時間一分一秒的流逝，他們看著西方的太陽慢慢沉下，躲到山後，這時，天色已經很昏暗。

「現在應該已經傍晚 6 時了。」小寶輕聲說道。

小寶絞盡腦汁，卻完全想不到法子。他努力掙扎，可惜毫無著力之處。法事的替身必須是女性的身體，所以就算他想代替晶靈去做替身也行不通。他望著晶靈，想著在臨別前給她一個親吻，卻不敢踏出這一步。

小寶什麼都做不了，只能靠祈禱，他不斷地祈求。

就在這時，蜚廉太太和奧斯卡從小紅屋走了出來。

蜚廉太太笑著說道：「時辰快到了！我現在會把你們放開，八夫人待會要下水了呢！」

蜚廉太太揮了揮手，解除了晶靈和小寶身上的『紅蠶蛹咒』，一團紅色粉末升起，慢慢飄回她的手裡去。

小寶很想找到一個逃脫的辦法，但他知道蜚廉太太的「紅蠶蛹咒」實在太厲害了。如果他們逃走，她只需一揮手就能將他們捉回來。

他們四人站在海邊，就在那片「幽冥海域」的水域前。

晶靈就像是在行刑前的犯人一樣，她已經哭不出來了。

小寶仍然不斷地祈禱。

晶靈喃喃自語著：「祈禱有用嗎？你能祈求誰來救我？」

小寶卻回答道：「我並沒有祈求任何人來救妳。」

「那麼，你在求些什麼？」晶靈問道。

小寶沒有回答。

就在這時，遠處傳來兩個小孩子對話的聲音。

一個小孩說道：「我聽到有人在祈禱！」

另一個小孩接著說：「我也聽到了，祈禱的人就在前面。咦！那裡有一間小紅屋！」

對話聲的來源，竟然是在「幽冥海域」旁邊的海水中！只見有兩個小孩，一人抱著一根木頭，浮在水面上。

蜚廉太太轉向奧斯卡說道：「快把他們拉上來，別讓他們進入『幽冥海域』，以免破壞了我的法陣！」

小寶突然靈機一觸，心中想道：「原來有人進去海域，便能破壞法陣！」

　　他又想著：「不知道如果我跳下去破壞法陣，我是否會喪命呢？但只要能夠換取晶靈的一命，那又何妨？」

　　此時，奧斯卡已經將那兩個小孩救上岸來。

　　他們兩個也將抱著的木頭拉上岸。晶靈看見木頭上心形的木紋，驚訝地說道：「這兩塊木頭不就是剛才我在對岸掉下水中的嗎？」

　　其中一個看來比較純真的小孩說道：「啊！原來是妳救了我們！如果沒有這兩塊木頭，我們可能已經淹死了！」

　　另一個比較精靈的小孩說：「天喜，她就是晶靈了！」

　　天喜高興地說道：「天姚，那麼旁邊的一定是小寶了，他真人比水晶球中更英俊！」

　　原來這兩位小孩子，正是原本在「思過雲」上的愛神粒子小天使：天喜和天姚！

　　天喜說道：「我們被擊落在大海中，抱著木塊在浮沉，我們迷失了，不知道方向。」

　　天姚接著說：「好在這邊有人誠心祈禱，碰巧內容是我們工作的範疇，所以我們就向這個方向游過來了！」

　　「你們是來救我的嗎？」晶靈突然間充滿希望地問道。「是因為他在祈求，希望能夠救我一命嗎？」

天喜笑著回答：「不是啦！那個人在祈求能夠有勇氣向他心愛的女子表白！」

天姚續道：「我們是天使，這次到來只是要撮合他們，這是我們『愛神粒子』的工作！」

小寶見心事已經被揭露，於是膽子一大，立即向晶靈說：「今天無論是生是死，我們都要在一起！」

晶靈估不到小寶在生死關頭中，祈求的竟然是有勇氣去表白愛意！

此情此景，蜚廉太太想起了她的丈夫，奧斯卡也想起了蘇菲亞，但他仍然要以晶靈來換取蘇菲亞的復活，這是必要的！

小寶表白完後，心中狂跳，他連呼吸也凝住了。

小寶又傻傻地說道：「我要與妳白頭到老，永不分離！」

小寶終於勇敢向晶靈表白，這完全是因為愛神粒子的出現！

愛神粒子

「我感受到你的愛，卻要扮作無知，因為我想逃避。」晶靈不明白自己為何想逃避，只是默默凝視著兩塊心形紋的木頭。

當大家都望向晶靈，期待她點頭時，晶靈良久不語，開口卻說：「小寶別說笑了，別拿這些事情來開玩笑！」

小寶聽到後只是呆立著，不懂如何反應。

晶靈立即轉向天喜和天姚：「你們是天使？」

天喜說道：「我們是安祖的天使朋友，原本在天上與他一起思過的。」

晶靈立即問道：「安祖好嗎？他在哪裡？」

天喜說：「安祖正在處理更重要的事情！」

天姚向海面張望，然後說道：「我們三個在『思過雲』上透過水晶球看到你們，當看到你們在『頭顱樹林』中受到襲擊時，安祖擔心晶靈受到傷害，於是利用水晶球的神秘力量，令雲彩變成帶有雷電的黑雲。」

天喜補充說：「這是天使長不容許的行為，不過安祖還是這麼做了！」

天姚開心地笑著說：「總之，我們有雷電可以玩了！我們瞄準那些『頭顱』，像狙擊手一樣把它們逐個電擊！」

蜚廉太太憤怒地說道：「原來是你們幹的好事！幸好樹木都倒塌了，他們不能立即過來，所以我還是有足夠的時間完成『幽冥海域』的作法！」

天姚問蜚廉太太：「是妳將『思過雲』擊落，令我

們掉進海裡的嗎？」

蜚廉太太回答說：「沒錯，那又怎樣？」

天喜大聲喊道：「只有神和祂的天使，以及魔鬼和地獄使者，才能夠觸碰到『思過雲』的！」

蜚廉太太冷冷地回答：「我的丈夫蜚廉是魔鬼的手下之一，我們原本都曾經是天使，但後來跟隨魔鬼離開了天國！」

突然，小寶問道：「蜚廉太太，為什麼妳看起來不像天使或地獄使者？」

蜚廉太太回憶起來，她竟然甜甜地笑了起來：「蜚廉帶著我離開了地獄！在離開地獄之後，我們生活在人間。我們擁有人的身體，和普通人一模一樣，只是我們的身體在某一階段便會停止了成長，因而永遠不會因為衰老而死亡。」

聽完這番話，小寶望向奧斯卡，奧斯卡也望向小寶。

蜚廉太太冷冷地說道：「兩位小孩子，請你們先退後一點，我們現在要進行『復活咒術』了。剛好我還有另外一個咒術，正好需要兩位小孩子作為引子。你們現在將會先被困住，我在亥時再炮製你們！」

蜚廉太太舉起手，準備向天喜和天姚撒下紅色粉末，施展「紅蠱蛹咒」。同時，她命令奧斯卡道：「時辰到了！奧斯卡，把替身推入『幽冥海域』吧！」

天喜和天姚立即閃身飛起，左閃右避，躲避紅色粉末的圍攻。蜚廉太太專心控制著紅色粉末，要把他們兩

個困在「紅蠶蛹咒」中！

還是蜚廉太太的魔力強大，紅色粉末已經包圍著天喜和天姚，只差蜚廉太太一個「收起」的手勢就能將他們困住！

就在這時，奧斯卡也出手了！撲通一聲，然後又撲通一聲，竟見兩個人一先一後掉進了「幽冥海域」！

「幽冥海域」的海水翻騰著，紅色的海水中冒出一個又一個氣泡！

「蘇菲亞！蘇菲亞！」奧斯卡充滿期待地喊道。

「小寶！小寶！」仍然站在海邊的晶靈，卻哭著喊道。

「安祖！安祖！」天喜和天姚也同時大叫道。

呼喊聲此起彼落，紅色的海水不停翻滾，天喜和天姚兩位天使閃來閃去，場面一片混亂！

晶靈站在岸邊想道：「為何天喜和天姚在叫安祖的名字？」

為什麼晶靈還站在岸邊？

原來，當得知「替身」必須是一個女性的身體時，小寶早就留意到除了晶靈以外，可以選擇的其實還有蜚廉太太。不過，他們打不過蜚廉太太，因此他沒有信心能夠將蜚廉太太推入「幽冥海域」替代晶靈。

小寶好幾次觀察到，奧斯卡對晶靈抱有惻隱之心。他想說服奧斯卡一起行動，但一直也沒有機會。

於是，小寶引導蜚廉太太詳細說明，嘗試從中找出

生機。在得知蜚廉太太擁有不死之身後，他意識到她可能是一個更好的「替身」選擇，於是望向奧斯卡。

在他們的眼神交流中，小寶知道奧斯卡也領悟到了這一點。

因此，在蜚廉太太以為奧斯卡會執行命令，推晶靈入「幽冥海域」時，分神去抓捕天喜和天姚之際，奧斯卡和小寶一邊一個，分別抓著她的兩臂，將她拋進了「幽冥海域」！

蜚廉太太大驚之下，急忙揮動她的紅色繩子，纏住了小寶的腰。當她墜入海中時，小寶也被扯了下去！

晶靈、奧斯卡、天喜和天姚一起望著「幽冥海域」，大家都很擔心，但是除了等待之外，都不知道能夠做些什麼。

「幽冥海域」翻滾了大約一分鐘後，慢慢恢復了平靜，海水的紅色也漸漸消退。

突然，一位金髮美女從海水中冒了出來！她一見到奧斯卡，激動地說了幾句話。雖然晶靈聽不清楚，但她知道這就是奧斯卡的愛人蘇菲亞。

奧斯卡將蘇菲亞拉上岸，他們久別重逢，緊緊地擁抱在一起。

天姚笑著說道：「今天我們撮合了一對情侶！」

天喜和應著：「但另一對撮合失敗了！」

天姚接著說：「要撮合的都撮合了，撮合失敗的都失敗了，現在這裡已經沒有我們的事！」

天喜興奮地說：「那麼，我們還是先回去，把今天的工作報告交給『天使事務處』。雖然這種撮合本應由『紅鸞粒子』負責，但我們還是先領功為上！」

說罷，他倆頭也不回，翅膀一振，直飛上天。

愛神粒子一離去，周圍突然靜了下來。

晶靈看著一對璧人卻疑惑起來，她以為「替身」會使用蜚廉太太的身體，但看到蘇菲亞金髮碧眼，看來應該是她的「真身」。

不過，她沒有心神去瞭解發生了什麼事情。因為已經過去了三分鐘，小寶還未浮上來，他還沉在大海中！

晶靈越等越焦急，正當她打算跳入海中找尋小寶時，蘇菲亞突然過來阻止。她用生硬的中文向晶靈說：「他，不在水中！」

晶靈問道：「妳知道小寶在哪裡嗎？」

蘇菲亞指著小紅屋的方向說：「那兒！」

晶靈望過去，然後，揉了揉眼睛。

小紅屋不見了！

在小紅屋原來的位置，現在變成了一個山洞！

「那就是『祭壇山洞』了嗎？」晶靈心想。

就在這時，有個人影從山洞中閃出來，他向晶靈揮手示意：「晶靈，這邊！」

「安祖！」晶靈飛奔過去，問道：「你怎麼會在這裡？小寶呢？」

「他在裡面！」安祖說道。

晶靈進入山洞後，便看到一個祭壇，它的設計和在小寶睡房密室中祭壇的設計完全一樣！唯一的區別是凹槽中沒有放寶石。不過，晶靈更關心的是小寶。

「小寶，你為什麼會在這裡？」晶靈問道。

小寶回答：「當我跌入水中時，安祖就在旁邊，他切斷了蜚廉太太的紅繩，並把我拉離『幽冥海域』的範圍！」

安祖說道：「如果小寶在施法期間仍在『幽冥海域』的範圍內，他也會變成水鬼，所以我一定要幫他。」

小寶說：「安祖拉我出去後，剛好旁邊水中有個洞穴，於是我便直游上來，原來它連接了這個山洞。」

晶靈感激地說道：「安祖，真感激你又救了我們！」

「當我與天喜和天姚在『思過雲』攻擊『頭顱樹林』時，由於天姚攻擊得太過興奮，令我們暴露了位置。」安祖解釋道。「蜚廉太太的攻擊令我們都掉進大海中，分散開來了！但水流很快把我沖上岸，我躲在附近，聽到蜚廉太太是地獄使者的那段對話。」

晶靈驚訝地說道：「啊！原來你當時就在附近！」

「當時我想，既然蜚廉太太曾經是天使，我應該要把她帶回天上給天使長發落。」安祖繼續說道。「之後，我看見小寶和奧斯卡的眼神交流，就知道他們打算把蜚廉太太推下海。」

安祖頓了一頓，再說：「於是，當蜚廉太太跌入海

中時，我立即切斷連結小寶的紅線，拉他離開『幽冥海域』的範圍，然後抓住蜚廉太太，直接送她回天國。」

小寶補充道：「安祖拯救到我，也實屬我的僥倖，因為蜚廉太太的計算出現錯誤。她以為當水星西大距時，是距離地球最遠的時候，能給予地球的保護最弱。可是實際上，今天水星距離地球其實很近，它還能給予我們一定的保護，削弱了蜚廉太太異術，安祖才能接近到『幽冥海域』。」

「那麼蘇菲亞呢？她沒有『替身』，為何卻能夠復活？」晶靈問道。

「蘇菲亞是虛幻的！」安祖回答道。「那只是在水星的保護力量下，出現了的『復活咒術』失敗後的現象，她只是一個虛像！」

「假的？她明明剛才還跟我說話呢！」晶靈說道。

「蘇菲亞的虛像會跟隨奧斯卡的愛意而存在，這只是一種幻想的現象，一旦奧斯卡的愛意減退，這個虛像便會逐漸消失。」安祖解釋道。「其實這也無不妥，人與人之間的愛情大多還是一樣如此多變！」

晶靈望住外面仍然相擁的一對璧人，不禁嘆了口氣，說道：「愛，究竟是什麼？」

CHAPTER

15

祭壇山洞

「當你在身邊時，我沒有珍惜。當你消失後，我才驚覺，原來你早已是我心中的一部分。沒有了你，心是淘空的，靈魂是缺失的，我也不再是我⋯⋯。」

晶靈在小寶失蹤時焦急萬分，這令她明白了自己的心意。現在慶幸小寶逃出生天，感到應該可以答應他的表白，但見他正聚精會神地凝視著祭壇思考，不想打斷他，心想還是先救七位夫人要緊。於是，晶靈用柔和聲音問道：「小寶，我們現在要把寶石放進去祭壇嗎？」

小寶點點頭，說道：「是的，我們開始吧！」

於是，他們將白、金、黃、灰、橙、綠、黑，一共七顆寶石，按照次序從左到右放入凹槽中。

過了一會兒，寶石開始漸漸發光，那種流轉的美麗，看得他們目眩神迷。

又過了一會兒，最左邊白色的寶石突然閃動起來！

「根據古書的描述，在寶石閃動時，我們需要按下密碼數字的次數，去進行解鎖！」小寶說道。

「白色、2！這就是寶石的密碼。」小寶在白色的寶石上按下了兩次。突然間，寶石的閃動停止了，白色的光芒顯得更加明亮。

過了一會兒，輪到左邊第二顆金色的寶石閃動起來。

「金色、6！」小寶在金色的寶石上面按下了六次。如他們所料，寶石的閃動停止了，金色的光芒顯得更加耀眼。

接著，當黃色寶石閃動時，他們按下了六次；當灰色寶石閃動時，按下了五次；橙色寶石閃動時也按了三次；最後，在綠色寶石閃動時再次按下了十一次。

於是，左邊的六顆的寶石都發出了耀眼的光芒，只剩下右邊一顆黑色的寶石。

片刻之後，黑色的寶石閃動起來。

「我們並不知道黑色寶石的密碼，該怎麼辦？」晶靈問道。「可以胡亂試試嗎？」

「不行！」小寶回答道：「古書上說只能試一次。」

「2、6、6、5、3、11……。」小寶喃喃地道。「下一個會是什麼呢？」

「也許是 4？4 未出現過！」晶靈胡亂地猜道。

「或者是 7？7 也未出現過？」晶靈又隨意地猜測。

「會不會是 11？6 出現了兩次，11 也可能會出現兩次！」晶靈越猜越起勁。

安祖望著小寶，問道：「你有什麼想法嗎？」

小寶無奈地回答：「我只是在想，摩羯座邊界的晶靈受到水瓶座的影響，所以思路變得毫無章法，思緒又飛到萬丈遠了！」

「星座對人的影響，真的那麼大嗎？」安祖問道。

「是啊！小寶是金牛座，為人真的固執到不得了！」晶靈抱怨著，然後又說：「他什麼也計劃得很仔細，而當打亂他的計劃時，他會不知所措。」

安祖感到很有趣，他問：「那麼我呢？」

「安祖是牡羊座，性格比較直接和自信。」晶靈回答道。

安祖好奇道：「為何你們會相信星座？」

小寶回答：「我沒有相信，也沒有不相信，只是我曾經做過統計，在幾萬個個案分析中，結果顯示是有關聯的。既然是這樣，我便不隨便反對這未證實能否定之事，但也不全然相信一個單一的統計分析。」

晶靈笑道：「小寶說的，我便信了。」

安祖又問道：「但把人簡單地分成 12 組別，不會太籠統嗎？」

小寶回答：「我們熟悉的 12 個星座，是指一個人出生時太陽在哪個星座的位置，受那些星星影響，這叫做太陽星座。其實除了太陽星座以外，是還有月亮星座和其他行星的星座，分得非常仔細的。」

晶靈補充道：「小寶說過，中國的算命就比西洋占星術準確，因為用的是生辰八字，而且會配合大運流年，分得很細。」

小寶忙道：「我指的準確，只是從統計結果得出來的結論，是概率而已，是不確定的。」

安祖立即道：「你說到的概率，令我聯想起在量子系統中，『量子態』即粒子的狀態是以概率形式存在的。雖然粒子在可能處於多個能量狀態中，但它們在一個時間處於哪個特定狀態的概率是可以確定的。」

晶靈問道：「為什麼不去直接測量粒子的狀態？」

安祖回答道：「在微觀的世界中，粒子跟我們在宏觀世界的理解大相逕庭。進行微觀粒子測量是會影響系統的狀態，當測量粒子的位置時，這個行為會改變該粒子的動量，而測量粒子的動量時，這個行為會改變該粒子的位置，因此粒子的位置和動量無法同時被準確地確定。」

晶靈點頭道：「我記起了，這是小寶之前跟我說的不確定原理呢！不過為何又跟概率有關？這是可以預測的嗎？」

安祖也補充道：「正是，雖然不確定我們能不能直接預測，但我們可以用概率來描述它出現在不同位置的可能性。使用波函數，便能計算到粒子在一個特定狀態或位置的概率。那被稱為『上帝的骰子』的波函數機率分布，就是著名的德國物理數學家玻恩（Born）提出的。」

小寶保守地說：「雖然概率顯示出一定模式的結果，但仍然是不確定的。」

安祖說道：「小寶的說話總令人感到特別小心、保守。」

小寶立即說：「那可能是因為金牛座是土象星座，較為穩定和實際。」

晶靈道：「我記得我的魔羯座也是土象星座呢，但其他的便不知道了！」

小寶說：「在占星學中，12 星座被分為四種元素，分別為火、土、水和風，每種元素則包含四個星座。牡羊、獅子、射手是火象星座，金牛、處女、魔羯為土象星座，巨蟹、天蠍、雙魚座是水象星座，雙子、天秤、水瓶都是風象星座。」

「魔羯和金牛都屬於土象星座，性格上比較相襯，就好像我和晶靈特別合襯一樣。」小寶邊說邊望住安祖，好像有意無意說給安祖聽一樣。

安祖心中一沉，反對道：「同屬土象星座，也不見得一樣吧。」

「魔羯和金牛同屬土象星座，但是它們的守護星不同，就像摩羯座的守護星是土星，金牛座的守護星是金星。」小寶向安祖解釋道。

「為什麼你的守護星是那麼漂亮的金色金星？而我的守護星卻是那麼土氣的咖啡色土星！」晶靈不滿地說道。

「很多人認為金星是金色的，但其實各人的看法會不同，我就覺得它是黃黃的！」安祖補充道。「我在天上看過！」

「等一下！」小寶突然舉起雙手，叫大家停止說話。

他踱來踱去，想了一會兒，突然說道：「我知道了！這些寶石的顏色代表著她們的星座！我的七位夫人，星座分別為巨蟹座、金牛座、天秤座、處女座、射手座、水瓶座和天蠍座。而她們的守護星分別是月亮、金星、

金星、水星、木星、天王星和冥王星，其對應的顏色則是白色、金色或黃色、金色或黃色、灰色、橙色、綠色和黑色！」

「那為什麼金牛座和天秤座的守護星都是金星？」晶靈問道。

「黃道星座一共有 12 個，而太陽、月亮和八大行星，再加上冥王星，總共只有 11 顆星。」小寶回答。

「少了一顆星？那怎麼辦？」晶靈擔心地道。

「在 2006 年，天文學家提議將『賽瑞斯』定為第 10 顆行星，當時我以為多了一顆行星，便可以將金牛座和天秤座的守護星分開。然而，由於『賽瑞斯』的爭議性，國際天文聯合會為行星的定義定立起三個條件。結果是『賽瑞斯』不符合行星的定義，連冥王星也被降級。最終太陽系中符合定義的行星，只剩下八個！」小寶繼續回答。

「那三個定義是什麼？」晶靈追問道。

「第一、該星體必須圍繞著太陽運轉。第二、該星體必須具有足夠的質量，使重力可以將自身形成接近球體的形狀。第三、該星體還必須能夠清除其公轉軌道上的其他物體，使自己成為該軌道上最大的引力來源。」小寶又繼續回答。

「那麼冥王星有什麼問題？」晶靈繼續追問。

「冥王星位於古柏帶，與其他許多小天體共用軌道，而且它的軌道會與海王星的軌道會合，因此，冥王

星並不是該軌道上最大的引力來源。它符合不了第三個條件，於是被降格為『矮行星』。我們以前所說的九大行星，現在只剩下八大行星了！」小寶感慨地說道。

「不過，知道這些也沒有用！」晶靈說道。「我們需要的是一組數字、一組密碼！」

「知道了這和星座的守護星有關，『數字謎題』的答案便呼之欲出了！」小寶輕描淡寫地說。

「那你就快說！」晶靈說道，並作勢亂按寶石。「不然我就亂按一通！」

「我還想給妳動動腦筋的機會呢！」小寶無奈地說。「妳想想她們的守護星是什麼？再向占星學去想想吧。」

「守護星嗎？」晶靈說道。「我記得！它們分別是月亮、金星、金星、水星、木星、天王星和冥王星！」

「嗯，怎麼我剛才想不到呢？」安祖突然笑著說道。「我們按 22 次黑色的寶石吧！」

「22 次？那麼多？」晶靈好奇地道。

「對了，是 22 次！」小寶笑著說道。然後，他在黑色寶石上按下了 22 次！

黑色寶石停止了閃動，光芒變得越來越耀眼。

安祖笑著說：「我們猜對了！」

晶靈追問著：「為什麼是 22 次呢？」

小寶神秘地回答道：「自己動動腦筋想一想！」

晶靈嘟起嘴巴，然後轉向安祖問道：「那你告訴我，為什麼是 22 次？」

安祖望著她笑著說：「因為答案實在非常簡單，所以我也認為，妳需要學習自己動動腦筋。」

晶靈凝視著那七顆寶石，腦袋繼續發呆。

突然，七顆寶石的光芒同時熄滅，瞬間，整個山洞漆黑一片！

「我們走吧！」小寶說道。「我們在這個山洞的任務已經完成了，下一步是要回到『靈魂粒子傳送儀』，通過『糾纏互動』來釋放七位夫人的軀體。」

他們走到山洞外，只見天已一片漆黑。奧斯卡他們已經不在，可能已經回到荔枝莊的家了。

晶靈問道：「根據安祖的說法，蘇菲亞是虛像，她會跟隨奧斯卡的愛意而存在，一旦奧斯卡的愛意減退，這個虛像便會逐漸消失。如果奧斯卡一直愛著蘇菲亞，幻象蘇菲亞也愛著奧斯卡，他們便能像童話故事一樣，以後快快樂樂一起生活下去嗎？」

安祖一怔，沒有答話。

CHAPTER

16

天文大潮

「與一個互相深愛的幻象相愛，還是與一個不愛自己的真實對象朝夕相對更幸福？」安祖偷偷瞥了一眼晶靈，突然寧願她是前者，即使只是一個虛像。

　　晶靈望上天空說道：「天很黑呢，不知道今晚月亮會不會出來？」

　　「今天是八月初三，整晚都不會看到月亮了！」小寶回答道。

　　晶靈道：「今晚沒有月亮了，那何來『金星合月』？」

　　小寶笑道：「我們看不到，只是因為它們都靠近太陽一方，『金星合月』的時候還未日落，而這個天文現象還是出現了。」

　　晶靈笑道：「是了，就是在你掉入海中的時候！否則現在便不能一起看沒有月亮的星空了！」

　　小寶也笑道：「晶靈，現在『夏季大三角』正處於中天，妳能看見它中間由南到北的銀河嗎？」

　　晶靈望著「夏季大三角」，天鷹座的牛郎星和天琴座的織女星之間，再往南方天鵝座看去，她似乎隱隱約約看到有一條銀白色的帶子，她說：「太隱約了，好像看見了，但又好像看不清楚！」

　　「你嘗試用『側視法』看看！」小寶提議道。「我們的視網膜有兩種感光細胞，用來看顏色的『錐狀細胞』集中在正中央，用來看光暗的『桿狀細胞』主要分布在外圍。所以，只要不直接看著銀河的位置，妳應該能以感光的細胞更清楚看見它！」

「真的有那麼神奇嗎？」晶靈一邊雀躍地問，一邊嘗試使用「側視法」。「哇！這條銀河真漂亮！可惜這裡南北兩邊都被山擋住了，只能看見近天頂的一部分銀河！找哪一天，我們開船到大海中心看整條銀河吧，順便找找那個我曾經流落過的荒島。」

　　由於已經是夜深，而且周圍也很黑，所以他們只能在這裡等待天亮。他們躺在山洞前的地上，望著星空，並在海浪聲中，不知不覺都睡著了。

　　突然，他們感到腳踝一陣涼意，原來正值漲潮，海水湧上了岸，淹沒了這片土地，甚至湧進了山洞。

　　「別慌！」小寶怕晶靈會害怕，他立即提醒道。「今晚碰巧是『水大漲』日子。在今晚 11 時之後，水位會上漲到水平面上 2.7 公尺！」

　　「什麼叫『水大漲』？」晶靈立即問道。

　　「它正式的名稱叫做『天文大潮』。」小寶解釋道。「潮汐是受到引力的影響而出現的現象。當太陽、地球、月球排成一直線時，例如像今天在新月附近的日子，引力是最大的，水位亦會因引力拉扯而出現顯著的潮汐變化，使得水位比平常的日子上升得更高。」

　　「不用解釋得這麼詳細！」晶靈看著海水已經淹沒了他們的腳踝，有些驚慌地問道。「這片土地都被水淹沒了，我們應該怎樣走？」

　　「這片土地距離水平面大約有兩公尺多高，在『水大漲』的高峰時，水位應該只去到我們膝蓋的位置，所

以我們靠著背後的大樹，站幾個小時就可以了！」小寶非常鎮定地解釋道。「如果妳害怕的話，可以爬到樹上去！」

晶靈立即走到大樹前，背靠著大樹，左邊牽著安祖，右邊拉著小寶，笑著說：「現在我感覺很安全了！」

「這常見的潮汐現象，又是星體影響著我們的好例子！」小寶笑著說。

就這樣，水位越來越高，但果然到達他們膝蓋的位置便停止了上漲，然後再慢慢地退去，最後，他們一共站了四個小時，海水才完全退去。

當晶靈試著坐下休息時，她驚訝地發現地上有很多蟹在爬動！牠們密密麻麻，在她的視野範圍內，已經有幾百隻蟹在爬來爬去，甚至碰到她的鞋子和褲子！

有些蟹竟然有足夠的力量沿著褲子爬到晶靈的膝蓋位置，而且牠們的數量非常多。晶靈突然害怕被這些蟹吃掉，於是開始把牠們擊落！就這樣，像在玩「打地鼠遊戲」一樣，在餘下的夜晚，不斷地把蟹從膝蓋位置擊落。

「所有生命都像這些蟹一樣，活過又死了，一代又一代，不知道活著的意義是什麼？」晶靈心想道。

當天漸漸亮起來時，小寶提議道：「『頭顱樹林』可能還不通行，這裡也沒有地方可供滑翔翼起飛。我們不如向北方搜索一下，看看能否找到一些工具可以幫得上忙！」

於是，他們一路沿著海邊的小路繼續向北行進。右邊是山脈，左邊是大海，這大自然的景色，實在美不勝收！

　　當天剛亮時，天色本來十分晴朗，卻突然烏雲密布，一陣風刮起，晶靈嗅到空氣中一陣酸酸的味道越來越濃，她說道：「十秒內就要下雨了！」

　　「這麼多的前世今生中，晶靈，妳對即將下雨的預感，從來都是百分百準確的！」安祖說道。

　　「那我們快點往前跑，看看有沒有避雨的地方！」晶靈建議道。

　　他們向前跑去，只向右拐了一個彎，就發現不遠處有一座建築物！

　　「那是一個宿營的營地！」小寶邊跑邊大喊道。「我們去那裡避雨吧！」

　　當他們一跑到簷篷下，大雨便如瀑布般傾盆而下！

　　小寶說：「今天是星期五，回馬料水的船，會在上午 11 時 40 分，從對岸的碼頭，亦即是我們昨天下船的位置開出。」

　　「難道我們要游水過去嗎？」晶靈很擔心地問道。

　　「這個營地應該有一些物資可以利用，等雨勢稍為減弱的時候，我們去周圍尋找一下！」小寶建議道。

　　過了差不多兩個小時，雨勢才稍為減弱，他們開始在營地四處察看。

「看！這邊有一艘小艇！」安祖大叫。

小寶跑過去，檢查了一下，確認小艇的狀況一切正常，他便說：「太幸運了！我們可以撐這艘小船過去碼頭了！」

於是，他們將小艇推入水中，然後一起跳上船，一下一下地划動著，向碼頭前進。晶靈回想起自己差點變成「水鬼的替身」，心中仍然猶有餘悸！

漸漸地，天色開始轉晴，他們在茫茫大海中，感受陣陣吹來的海風。

「划船的過程這麼順利，沒有驚險的情節出現，真不夠好玩！」晶靈投訴道。

「能在這茫茫大海中央，在貼近水平面的高度一覽美景，妳能感受到神的存在嗎？」小寶說道。

晶靈望住安祖，微笑著回答道：「我能感受到俊俏的天使同在！」

安祖又一怔，然後苦笑著。

他們順著水流，很快就抵達了渡輪碼頭。

小寶用繩子將小艇綁好，然後在船上留下一張紙條，告訴船主他們「借船」的原因，以及「頭顱樹林」的情況。

「希望船主能理解我們的情況。」小寶說道。

不久後，渡輪來了，他們回頭，看著荔枝莊沿岸地貌的鬼斧神工，讚嘆著自然界的神奇力量。

回程路上，他們三人走到了船尾看浪。

小寶指著翻滾的海浪，然後問：「海水是怎樣來的？」

「當天空下雨時，雨水落在海面，或落在陸地上並流入河流，最終流入大海。」晶靈回答。

「那麼雨水又是怎樣來的？」小寶接著問。

「大海、河流或地面蒸發的水分升上天空，聚集成雲，之後成為雨水。」晶靈試著回答，但又不完全確定，於是反問：「是這樣嗎？」

「大致上是對的！」小寶微笑著說。

晶靈好奇地問：「你為什麼會問這些問題呢？」

「『不生亦不滅，不常亦不斷，不一亦不異，不來亦不出。』當我看見滔滔浪潮時，領悟到世界一切現象，都是一連串的因果演變過程，過程中無固定不變的東西。」小寶的哲理課又來了。

「我記得在《龍樹中觀的世界》一書中提到，這就是佛學上『緣起法』的『八不』。」晶靈說道。「這本書用了很多生活上有趣的例子，例如你剛才所說的水作比喻，非常簡單地解釋原本很複雜的生命道理，連我這麼笨也很容易明白。小寶，這書挺有意思的，你也應該看看！」

「一定！」小寶古怪笑了笑。

然後晶靈的目光轉向右邊的山。

晶靈問道：「為什麼這馬鞍山一點也不像馬鞍呢？」

「馬鞍山的馬鞍形狀，是由南面的主峰馬頭峰，和北面的副峰牛押山之間的凹位所形成的。因此，只有從東邊或西面看，才能看到馬鞍的形狀。」小寶很快便回答。

「那我們現在從北面看，看到的不正是馬的屁股？」晶靈傻傻地說道，然後甜甜地對著小寶一笑。小寶看得痴了，安祖看在眼裡，一陣悵惘。

量子愛情學

「我不知道愛她有多深，直到看到她帶著愛意的眼神看著的不是我。」心碎的安祖，卻明白自己只應該保持淡然。

回到長沙海灘後，他們三人便上到小寶的住所。

小寶走到「靈魂粒子傳送儀」前，說道：「最後一步，便是我進入七個『微縮世界』的空間中，進行『糾纏互動』，以釋放七位夫人的軀體。」

「什麼是『糾纏互動』？」晶靈問道。

小寶回答道：「詳情我也不太清楚！我只知道通過『糾纏互動』，在『微縮世界』中會重現我和七位夫人之間的互動，讓兩個世界產生共鳴，從而使她們已解鎖的靈魂能夠進入身體中，復活起來。」

安祖問道：「在『量子力學』中，有一個叫做『量子糾纏』（Quantum Entanglement）的理論，這個名字和『糾纏互動』很接近，兩者會有關係嗎？」

小寶繼續道：「『量子糾纏』的意思是當量子結合在一起，它們的疊加態便會互相纏繞。它們的關係是非局部和非分離的，無論距離有多遠，當一個粒子的狀態改變時，另一個粒子的狀態同時也會相應地改變。」

「如果兩個粒子之間的距離無限遠，它們仍然可以同時改變狀態，即是實現了超光速嗎？」安祖問道。

「與光速無關，但很可能與高維度空間有關。」小寶思考了一下，然後細心解釋道：「讓我舉個例子，第二維度是平面的。假設在這個維度中有一條非常長的線，

它的兩端相距甚遠，如果我們在第三維度中將這個平面彎曲，使其兩端相接，那麼從第二維度觀察時，雖然線條的兩端在空間中看似相距甚遠，但若碰觸其中一端，另一端竟然有相對的運動！」

「真令人難以想像！」晶靈讚嘆地道。

小寶繼續解釋道：「其實與其把『糾纏』理解成兩粒粒子，我反而認為應該將之理解為一粒粒子的兩部分在共享同一條波。即是這兩部分粒子在某個距離同時發生變化時，實際上是同一粒子在高維度空間中的變化。」

「粒子在高維度空間中的變化，和粒子的兩部分共享一條波的概念，都太有創意了！這能完全解釋為什麼『糾纏』能不分距離同時進行！」安祖讚嘆地道。

「用高維空間去解釋，還能夠解決時間的問題，因為時間就是第四維度！」小寶補充道。「這似乎也能夠解釋為何在現在的我，在『微縮世界』中能突破時間界限，與古時的夫人們同時『互動』！」

晶靈問道：「你們會在第幾維度『互動』？」

「在『卡巴拉』主義思想中，神透過十個質點把光流溢到世界，創造出五維的空間。頭三維的空間是我們熟悉的三維空間，包括『上、下、東、西、南和北』；第四維空間是『始與終』，亦即是『時間維度』；第五維度是道德上的『善與惡』維度，是靈魂用來溝通的空間，我們可以把它稱之為『靈魂維度』。」小寶解釋道。「這將會是我和夫人們的靈魂『互動』的維度」。

雖然不知道「一粒粒子的兩部分共享同一條波」和「靈魂維度」是什麼，但晶靈從心底衷心欽佩地說：「小寶你真厲害！」

　　小寶稍作停頓，然後繼續解釋道：「我之所以想到波，是因為在量子力學中的『波粒二象性』，但不會同時出現，至於出現波性還是粒性，取決於我們觀察的方式。在我們做實驗時，粒子只會出現一種性質，但既然是同一粒子，它們的性質不能同一時間出現嗎？因此，我聯想到，這只是因為我們存在的維度的局限。」

安祖和晶靈都在思考和理解這個概念。

　　晶靈又好奇地道：「這些想法很古怪啊！是誰想出『量子糾纏』概念的呢？」

　　小寶笑道：「當時的物理學家認為，如果量子力學能夠預測粒子的行為，但無法解釋粒子的實際狀態，那量子力學就不夠完備了。於是愛因斯坦與兩位物理學家提出了一個叫『EPR 弔詭』的概念來，主張有隱藏變量來解釋此現象，那就是『量子糾纏』的萌芽概念。」

　　安祖又問：「我們是否可以假設，靈魂粒子的『糾纏互動』，便是你們的靈魂粒子出現『量子糾纏』的現象？」

　　小寶再次沉思片刻，然後又說：「這實在很難令人理解的，無論如何，我還是直接進入『微縮世界』進行『糾纏互動』，看看會發生什麼事吧！」

　　晶靈擔心地問道：「你進去之後會做什麼呢？」

小寶回答道：「根據我從古書中的理解，當我進入『微縮世界』時，我會不由自主地，重演上一世同時發生的事情。因此，即將發生的事，是古時的我和現在的我的共享粒子在高維空間的『糾纏』。稍後無論怎樣與七位夫人『互動』，都是源於上世的我的『糾纏』，對現在的我來說是完全身不由己的！」

他接著嚴肅地說道：「不過，這次和拯救她們有關。所以，無論我在『微縮世界』中做些什麼事情，請在我『靈魂出竅』期間，好好保護我的身體和周圍的環境！為免影響她們靈魂粒子的動量，也請別要像上次一樣觀測。晶靈，我知道妳是會理解和體諒的！」

「好吧！」晶靈見小寶說得認真，點頭答應道。

說罷，小寶便按下了「靈魂粒子傳送儀」的按鈕，然後盤膝坐下，準備「入定」和進行「靈魂出竅」。

晶靈和安祖靜靜地坐在一旁，不敢作聲，生怕打擾到小寶。

過了一會兒，晶靈說：「根據上次的經驗，小寶大概在這個時間已經『靈魂出竅』，進入了白色的空間。可是，我們又不能看他們正在做什麼，因為觀測會影響他們靈魂粒子的動量，量子的世界實在令人苦惱。」

安祖見晶靈發愁，便哄她道：「妳要聽聽一些有趣的事嗎？」

晶靈勉強地笑著，問道：「有什麼有趣的事？」

安祖說：「德國物理學家勇松（Jönsson）曾用雙

縫實驗來研究電子的物理行為，發現電子也會發生干涉現象。後來的物理學家使用單獨的電子發射器來進行雙縫實驗，不但發現了單獨的電子會自己在進行干涉，而且當以裝置探測器來觀察電子是從那一條狹縫經過時發現，觀察時干涉圖樣會消失。即是不看它時，它是波象；看它時，它是粒象！」

晶靈重複著：「不看它時，它是波象；看它時，它是粒象？為什麼會這樣的呢？」

安祖回答：「那是因為觀測會干擾粒子的波動性，使粒子的波函數坍縮，變成了一個確定的狀態。」

晶靈聽完，只是默默點頭。她心不在焉，看似是在擔心小寶。

安祖見晶靈聽完仍然納悶。拉了晶靈離開客廳，帶她到房間坐下。他說：「我現在要說真正有趣的事了！」

晶靈望住了安祖，見他努力令自己開心，不禁有點感動。

「妳知道嗎？人們在物理學領域，一直在努力地尋找一個能夠解釋所有運動的理論。」安祖說道。「其實，不僅在物理學上，世間所有的事情，都可以用『量子力學』來理解。」

「怎麼可能？」晶靈道。「我不信呢！」

「好吧！妳隨便說一個題材，讓我告訴妳如何可以用『量子力學』來解釋。」安祖其實對於「量子力學」並不是很瞭解，但他只是想轉移話題，讓晶靈想一些其

他的事情，令她不會對小寶現在的情況太過擔心。

晶靈認真地想了一會，古怪地笑著說：「那麼，請用『量子力學』來解釋一下愛情！」

「愛情嗎？」安祖立即在思考著。

在晶靈露出一個「看你怎樣回答」的表情時，安祖卻充滿信心地說道：「好吧！讓我先解釋一下愛情的『波粒二象性』！」

「就是微觀粒子同時具有『波』和『粒』的特性，是嗎？」晶靈問道。

「是的，這是『量子力學』的基本概念。」安祖回答道。「當追求一個女生時，會見到他柔情似水的一面，就像有波性的水一樣：柔情將漣漪般散開，溫柔無限。可是，當你要仔細看清楚她時，會發現她又無故發脾氣，柔情瞬間消失，怒氣如子彈般打在我的身上，一粒一粒的子彈便是粒子了。這是我親身的經歷！」

「你竟然舉這樣的例子！不過，這個觀點非常有趣呢，算你說得通吧！」晶靈開心地笑了起來，然後再給安祖出個難題。「那麼，很複雜的那個『量子糾纏』呢？這個你解釋不到了吧！」

安祖想想，便笑著解釋道：「兩粒微觀粒子相互作用後，例如我和妳的靈魂遇上後，便會變得與互相依賴，然後⋯⋯。」

晶靈立即投訴道：「我們說的是愛情哦，你怎會說到我們頭上？」

安祖靦腆地笑著解釋道：「好吧！對那兩粒微觀粒子來說，無論距離有多遠，改變一個粒子的狀態，會立即影響到另一個粒子的狀態。就好像愛情中，兩個人之間總存在著糾纏，即使兩個人距離多遠，當一個人的情感狀態發生變化時，例如提出分手時，另一個人的情感狀態也會同步變化。」

「你解釋得太有趣了！」晶靈稱讚他，此時她已經完全忘記了小寶正在做的事情了。

「在『量子力學』中粒子之間的『相互作用』，在愛情方面，可以解釋為情侶之間的感情、行為，以及作出的選擇，都是受到他們彼此之間的相互作用所影響。」安祖繼續發揮他的想像力。「例如，妳擔心小寶時，我便要哄妳！哄得妳開心時，妳又會愛我多一點！」

「有趣！有趣！」晶靈似乎被安祖哄得很高興。「小寶之前提過的『不確定原理』，這你又解釋得到嗎？」

安祖微笑著回答說：「在『微觀世界』中，我們不能同時確定一個粒子的位置和動量。這就像愛情一樣，本來感到和一個女生互相傾慕，但一表白後，不知怎地女生的愛意突然冷卻了，就如粒子失去了動量一樣……真可怕！」

晶靈嘟著嘴道：「我們女生哪有這麼恐怖？安祖，你是不是要著圈子罵我？實在太可惡了，我要打扁你！」

安祖笑道：「看！妳現在的情況就如『電子雙縫實驗』一樣：明明原本是充滿溫柔的波性，一經我干擾後，

妳的『波性』像因測量而塌陷並降低的量子粒子，靈魂中出現了粒性的怒氣子彈！妳看看自己扮兇惡的表情，多……美麗！」

晶靈拍著手，笑得合不攏嘴：「好了，好了！算你過關！」

安祖溫柔地望住晶靈：「妳笑了，世間沒有任何事情比妳的笑容更美。」

「我真喜歡安祖你的『量子愛情學』啊！」晶靈笑著說。但突然，她伏在安祖的胸口上哭了起來。她抬頭望著安祖，安祖也望著她，心跳得很快。

安祖替晶靈抹掉眼淚，她嫣然一笑，說道：「安祖，謝謝你一直這麼寵我！」

他見晶靈這一笑，又怦然心動。他痴痴地望著晶靈，不知怎樣回答，心裡在慨嘆：「愛，究竟是什麼？」

晶靈回望客廳，然後嘆了一口氣：「不知道小寶現在在哪個房間呢？記得上一次他一個一個房間進去，但在最後一個房間時，他是穿過牆壁去的。安祖，你知道小寶為什麼能在『微縮世界』中穿越牆壁嗎？」

「這叫做『量子隧穿』！」安祖回答道。「微觀粒子因為體積較小，它們能夠穿透位勢壘！」

晶靈沒有在聽，她擔心地問：「小寶前世的夫人們都這麼美麗，如果她們都復活了，小寶會不會只顧著她們，不理我了？」

「妳知道嗎？一個人最喜歡相處的，甚至是最愛

的，往往都不是最美的，甚至有可能是最醜的那一個！」安祖說道。

「你是在繞著圈子笑我醜嗎？」晶靈笑著說。

「怎會？我覺得妳很美呢！」安祖真心地說。

「也只有你覺得我美！」晶靈低頭說道。「小寶總是有那麼多桃花，雖說才子總是風流，但我擔心若和他相愛，也只會是曇花一現。或許有一天，我會像蘇菲亞的虛像一樣，因為他的愛減退而漸漸消失在他的生活中。」

安祖說道：「那妳可以選擇我啊！」

晶靈良久不語，然後說：「安祖別說笑了，別找這些事情來開玩笑！呀！不知道小寶何時會回來呢？」

安祖灰心地道：「妳還是喜歡他多一些！」

「怎會……。」晶靈又想念起小寶。

就在這時，她突然聽到小寶的聲音說：「我回來了！」

原來，在他們的對話期間，小寶已完成了「糾纏互動」，從「微縮世界」中回來了！他第一眼看見的，是晶靈期待的眼神。

「那眼神明明看得出愛意，為何卻拒絕了我？我是否應該再示愛？」小寶如此想著，卻又不敢再開口。

CHAPTER

18

升仙任務

「愛情是很艱深的，完成一個博士學位，也比談情說愛來得容易。」博學多才的小寶，原來也會給難倒。

「小寶，你終於回來了，太好了！」晶靈高興地說道。「七位夫人呢？她們都復活了嗎？」

小寶微笑著回答：「應該已經復活了！」

他終於了結一件心頭大事，然而，他又憂心忡忡地說：「晶靈，現在輪到妳要面對她們的一些挑戰了！」

「是什麼挑戰？」晶靈問道。「她們在哪裡？在荔枝莊嗎？」

「八夫人，我們都在這裡！」一把柔和的聲音響起，睡房中密室的門被推開，七位夫人盈盈魚貫而出。

白衣夫人繼續以溫柔的聲音介紹道：「我是大夫人，旁邊穿金色、黃色、灰色、橙色、綠色和黑色衣服的，分別是二夫人、三夫人、四夫人、五夫人、六夫人和七夫人。」

金衣二夫人堅決地說：「雖然今世的小寶與我們沒有任何感情，但是他的前世與我們的糾纏太深，我們是不會輕易離開的。」

黃衣三夫人以挑戰的口吻說道：「要讓我們離去，妳必須讓我們心服口服。我們要挑戰妳，看看妳會否能成為小寶完美的夫人！」

晶靈否認道：「大家誤會了，我不是他的夫人呢！」

七位夫人也沒有理會晶靈的否認，都似笑非笑地看

著她。

灰衣四夫人謹慎地表示：「在『微縮世界』中，小寶告訴我們關於妹妹八夫人妳在今世的事情。我們的測試，是想看看妳是否可以獨吞我們的相公。」

橙衣五夫人神秘地說道：「我們將給妳三道關於小寶日常生活的題目，看看如果未來只有妳一個人的話，是否能夠好好地照顧他的生活。」

綠衣六夫人冷冷地說：「妳是爭不過我們的！」

黑衣七夫人面無表情地說：「如果妳連勝三場，我們就會自行離去，妳就可以獨佔小寶！否則，我們會留下來繼續一起生活，再過我們前世大家庭的日子。」

晶靈看著七位夫人，感覺像在大學宿舍迎新的「升仙」活動一樣，新生要接受學長前輩們，即「大仙」的一連串令人難以完成的挑戰任務！

面對七位「大仙」的為難，她不知如何應對！

大夫人開口說道：「我先來！我要與妳一較高下！看看誰能調出小寶最喜愛的酒！」

「調酒？」第一個挑戰居然是調酒。這讓晶靈意想不到。

大夫人繼續說：「小寶喜歡喝酒，我們來看看他喜歡誰調的雞尾酒吧！」

卻見小寶露出驚訝的神情，雖只是一閃而過，但已經看在晶靈的眼中，她不明白小寶驚訝些什麼。

晶靈沒有問小寶，她和大夫人一同走到吧檯，開始比試。晶靈雖然不肯定小寶喜歡的口味，但她取了龍舌蘭酒、橙汁、透明的橙皮酒，還有紅糖漿，最後加了兩滴「辣椒仔」和冰，用調酒杯搖勻，倒進酒杯中，並以橙皮和櫻桃作裝飾。就在晶靈完成調酒之時，大夫人也剛好完成了她的作品。

　　大夫人笑著說道：「我是巨蟹座的，為人感情豐富和念舊，對初戀總是最刻骨銘心。這杯酒取名『初戀』！以夢幻的粉紅色為主調，口感清新宜人。為了紀念我們的分分合合，我還添加了一些苦艾酒，希望這杯酒能夠喚起小寶對我們初戀時光的回憶！」

　　大夫人將酒杯遞給小寶，他品嘗了一口，說道：「這種顏色對我來說有種曖昧的感覺，苦和淡的搭配亦很配合我們的曾經。」

　　晶靈也將她的酒遞給小寶，說道：「這杯酒命為『夢』，顏色為熱情的紅色，成分突顯甜的味道，最後加入了極少量的辣味，以紀念我們『夢境世界』中火辣的時光。」

　　小寶一聽到「火辣」二字，挺了一挺身子。他品嘗了一口，然後滿足地笑著說：「我最喜歡辣，然後是甜。」

　　大夫人抗議地說：「小寶，你這樣說太偏心了！明明你曾經也喜歡清淡和苦味的！」

　　「那種喜歡是曾經，對我來說已經是前世的事。」小寶說道。「現在我喜歡的，是屬於我的現在的晶靈。

所以在這次比試中，晶靈贏了！」

「這不公平！我覺得小寶偏袒八夫人！」大夫人不滿地說道。「在餘下的比試，我們不准小寶來決定勝負！小寶，你也不能再給八夫人提示，否則我們會判她輸掉！」

小寶滴著汗，他乾脆站在一旁，默不作聲。

三夫人邁步走上前，向牆壁拍了一下，手中似乎捉了些東西，她說道：「小寶最怕的這東西！他需要一個心臟強大的『女強人』來幫助他解決生活中的問題！天秤座的我信心強大，萬事也能輕易處理。不過，八夫人，妳也能嗎？」

晶靈好奇地問道：「三夫人，妳手中拿著的是什麼？」

三夫人慢慢攤開手，然後全場的人都退後並尖叫起來！

「這是一隻大甲由（即大蟑螂），會飛的！」三夫人好像完全不怕牠，鎮定地說道。「八夫人，小寶天不怕、地不怕，只怕這個挺可愛的小東西。如果牠突然飛到小寶身上，妳能立即徒手捉走牠嗎？」

晶靈雖然感到害怕，但又覺得很有挑戰性，於是她看著那隻大甲由的時候，努力地幻想牠是一隻可愛的「獨角仙」甲蟲。

「那只是一隻『獨角仙』甲蟲……。」晶靈努力地催眠自己，她只能夠靠幻想力來支撐！

這時，三夫人將那隻大甲虫扔向了小寶，牠飛撲到他的胸口！

「『獨角仙』，我來了！」晶靈立即伸手捉住那隻「獨角仙」，冒著汗、冷靜地將牠交還給三夫人！

三夫人驚訝地看著晶靈，然後笑著說道：「妳過關了！」

晶靈喘著氣，她傻笑著跑去洗手間洗手。

小寶仍然呆呆地站在原地，他被那隻大甲虫嚇得魂不附體！的確，除了飛甲虫這小東西外，他真的是天不怕、地不怕！

晶靈洗手後，六夫人上前說道：「小寶最喜歡吃喝了，但有時他也會弄一些奇奇怪怪的東西給大家品嘗！」

晶靈問道：「第三場比試，是烹飪嗎？」

「烹飪太簡單了！」六夫人得意地笑著道。「小寶曾經弄過一杯大家都不敢喝的東西！」

「那是什麼？」晶靈好奇地問道。

六夫人拿起一隻透明杯子，裡面裝著一些看來黏黏的液體，顏色是墨綠色。她說：「這是小寶前世的創作，他將榴槤、芫荽和秋葵打汁，再加上納豆攪拌，最後再加上一種獨門材料而製成。」

晶靈看著那杯東西，完全想像不到它的味道。

「我是水瓶座的！一般來說，水瓶座有較前衛的想法，對奇怪的事物也較能勇於接受，不過連我也不敢挑

戰這杯怪東西！」六夫人咧嘴笑著。「妳能喝下一口而不吐，就算妳贏！」

晶靈記起在大學宿舍「升仙」儀式中，喝過的一杯由酸醋、豉油，生雞蛋、麵粉和可樂混合的飲品後，才吐了幾口，心想這一杯飲品應該可以接受。於是，鼓起勇氣嘗了一口。

那種味道，晶靈竟然覺得出奇地好！於是，她毫不猶豫地將整杯飲品一飲而盡。

「妳全部喝掉了嗎？」六夫人驚嘆道。

晶靈舔了舔嘴唇笑道：「其實這味道挺好的！」

七位夫人無不露出佩服的神情！

她們說：「在第三場比試中，妳也贏了！」

晶靈感到這七位夫人也挺有趣的，也樂意接受她們有趣的挑戰，但她再次表示：「也沒有贏輸的，我真的不是小寶的夫人。」

CHAPTER

19

魔鬼的印記

「愛情並不是考試，沒有合格的標準。」小寶不明白為何今世的晶靈三番四次拒絕了自己，但仍然在與夫人們比試。

五夫人攤開一張紙，她說：「比試的結果在這裡！」

晶靈連過三關。她高興地說道：「感謝七位夫人的挑戰！請問我全部過關了嗎？」

晶靈卻看見紙上寫著一首詩。

我你對戰必能勝，

是與非造就王者；

敗亦皆因非與是，

了卻心願誰欠我。

五夫人說道：「請用四個字告訴我這首詩的意思！」

晶靈默默地唸了這首詩幾遍，但她完全不明白詩中的含意。就在這時，五夫人提示她：「妳有唸過『藏頭詩』嗎？」

「我有！取『藏頭詩』每句開頭第一個字，然後把它們連在一起唸，就是它的意思。」晶靈頓時明白了，不過她在猶豫著，因為心裡想道：「難道答案是『我是敗了』？」

「妳倒還知道『藏頭詩』的意思！」五夫人微笑道：「我是射手座的，為人喜歡直接了當。現在請乾脆地告訴我，妳那四個字答案是什麼？」

小寶向晶靈眨著右眼，心想：「如果妳唸『我是敗了』的話，那就輸定了！」

晶靈看來沒有接收到小寶的暗示，她充滿信心地說：「我知道答案了！」

小寶和安祖都皺著眉頭，盤算著當晶靈答錯時，如何能幫她解圍。

晶靈背著雙手向前踱步，然後轉身微笑著說：「勝者是我！」

小寶和安祖都呆住了，而五夫人也呆了一呆，然後對晶靈說：「妳勝了！」

「謝謝五夫人的提示！」晶靈開心地道謝。「這不是『藏頭詩』，而是『藏尾詩』！我是取了詩中每句最尾的一個字。」

七位夫人齊聲鼓掌。

「我在大學迎新『升仙』活動時，也曾經遇到過類似的問題。」晶靈解釋著。「不過我當時用了『藏頭詩』的方式回答。結果被『大仙』懲罰，整個人被她們丟在維多利亞公園的放船水池中，全身濕透！所以這次我知道答案應該是由『藏尾詩』去想！」

夫人們笑道：「還以為八夫人今世仍然是個『春虫虫』，沒想到這次妳答對了！」

「什麼是『春虫虫』？」晶靈完全不明白這個詞的含義，好奇地問道。

小寶輕聲解釋道：「把這三個字寫在一起，就是一個『蠱』字！這是妳前世她們給妳取的別名。」

小寶和七位夫人一起爆笑起來，氣氛十分溫馨，就像 300 多年前他們的大家庭一樣！

大夫人笑容滿面地說：「八夫人，妳真了不起！恭喜妳通過了我們的考驗，我們都安心將小寶交給妳照顧！」

五夫人說：「現在是我們離開的時候了，你們要保重！」

可是，六夫人卻表示：「不行！我不走！」

五夫人忍受不住六夫人的痴纏，罵她道：「今世小寶的心中已經沒有妳了，還在纏著他幹麼？」

大夫人打開大門，她們依次告別離去，只剩下六夫人一個人。她緊緊拉著小寶，不肯放手！

六夫人歇斯底里地說：「我不走！我不走！」

小寶無奈地說：「妳不走的話，我走！」

突然，晶靈的性情大變！她憤怒地說：「六夫人，妳已經輸了！妳還賴著不走嗎？」

說著，晶靈不知哪裡來的力氣！她把六夫人扯到露台上，將她壓在圍欄的邊緣，怒氣沖沖地說：「妳不走，我就要推妳下去！」

小寶和安祖大驚！他們急忙衝上前捉住晶靈，阻止她的行動！

就在這時，晶靈背上突然紅光一閃！

「這是『魔鬼的印記』！」安祖驚呼道。

安祖繼續緊緊捉住晶靈，只見她的眼神一臉茫然，似乎不理解剛剛自己所做的事！

與此同時，六夫人在單位內不斷追趕著小寶，從客廳到睡房，再從睡房到廚房。突然，小寶推開了廚房的一道暗門，跑了出去！

六夫人也緊隨其後，追出屋外，但小寶靈活地轉身，從大門跑回屋內，一口氣把大門和廚房的暗門一併關上！

六夫人被鎖在外面，不停拍門！但她已經不能再進入屋內纏繞小寶了！

晶靈笑著說：「小寶，為什麼你的家有暗門的呢？是為了躲避多如繁星的桃花嗎？」

小寶尷尬地笑著，沒有回答。

晶靈笑著說：「還有，為什麼剛才調酒比試時，你那麼驚訝？難道有見不得人的秘密嗎？」

小寶搖手說：「沒有沒有！那只因為夫人們是古人，應該不懂得調西洋雞尾酒。」

晶靈道：「你說的也是，或許她們在被禁制時學會了？」

小寶搖頭說：「我也猜不透。安祖，你推測到究竟發生了什麼事嗎？」

安祖想了想，便說：「你們兩位都離開了自己原來的世界，到達這個新的平行世界。似乎在這個世界中，西洋雞尾酒一早已經有了，而且早已傳到東方，因此你的夫人才會曉得。」

小寶點頭道：「看來這個世界，會發生許多我們不明白的事情。」

心思簡單的晶靈笑道：「所以還別想太多，我們走著瞧吧！」安祖卻又道：「唯一沒變的，是小寶有很多夫人！」

小寶又尷尬地笑了笑，卻擔心地問安祖：「剛才你提到的『魔鬼的印記』是什麼意思？」

「『魔鬼的印記』是魔鬼在人的身上施放的一種詛咒符號！」安祖解釋道。「被詛咒的人，在後背肩膀上會有一個紅色印記，它能突然之間控制了那個人的情緒，令他做出邪惡的行為。那個時候，印記會閃出一道紅光！」

晶靈回想起剛才自己不受控制，差點把六夫人推下露台，不禁心中一寒！

「剛才的情況，明顯是印記控制了她的情緒！」安祖向晶靈問道：「妳可以給我們看看肩膀上是否有印記嗎？」

晶靈迅速轉過身，果然在她右邊肩膀後方的位置，有一個帶著淡淡紅色的「三叉戟」印記。

晶靈回想起了昨天小寶對她使用武力時，也曾經出

現一道紅光，於是她把這件事告訴小寶和安祖。

小寶打開衣服，果然在他右邊肩膀後方的位置，也同樣有一個淡紅色的「三叉戟」印記！

「我猜想這應該是魔鬼在『夢境世界』中，對你們下了符咒！」安祖說道。「只要你們解除不了符咒，在紅光閃過三次之後，亦即是你們犯罪了三次之後，等到死後，靈魂便必會墮入地獄！」

「有沒有解決的方法呢？」小寶問道。

「解鈴還需繫鈴人，也就是說你們需要親自去地獄，找魔鬼解除這個符咒。不過，這應該十分艱難，對吧！」安祖回答道。

「幸好這裡有一個非常直接的方法，就是你們走進『靈魂粒子傳送儀』，然後由我來操作，讓你們兩個都回到各自的世界和年代，那未進入『夢境世界』打敗魔鬼的時間。」安祖繼續說道。「那個時間，你們還沒有中『魔鬼的印記』，所以你們不必承受必墮入地獄之苦！」

「分別回到自己的世界和年代，那我們不能在一起……相處了嗎？」晶靈擔心地問道。「我們才……相處不到一天，就要分開了嗎？」

「晶靈，我不想妳死後下地獄！我們還是回到自己的世界吧！」小寶說道。

「我不要！」晶靈非常傷心。

「我答應妳，無論在哪個世界，只要妳來找我，我

一定會排除萬難，與妳在一起！」小寶情深地道。

　　兩人對望著，晶靈說道：「我又沒有說要和你在一起……，不過我寧願留在這裡，我寧願將來下地獄！」

　　小寶猜不透晶靈的心思，唯有笑說著道：「妳說怎樣就怎樣吧！」

　　晶靈開心地問道：「你為什麼突然改變主意了？」

　　「主意是用來改變的，正如紀錄是用來打破的一樣。」小寶又再說起哲理來。

　　他們相視而笑。

　　安祖望著他們，除了感到他們十分甜蜜，也感到自己的無奈。

CHAPTER
20

多元世界的靈魂協作

「我不要再被動，不要再做我的天使了……，她喜歡有智慧的強者，就讓我把平行世界中的自己聯合起來……。」沉默了千生千世的安祖，似乎下定了決心，要做一件驚天動地的大事。

　　晶靈好像忘記了眼前的煩惱，她突然問道：「昨天在山洞中，你們怎麼知道黑衣七夫人的數字密碼是『22』的呢？」

　　小寶拍著頭，驚訝地說道：「原來妳還未想通嗎？」

　　安祖立即解釋道：「每位夫人的數字密碼，其實就是他們守護星在占星學中每一個星體代表的數字。」

　　小寶補充道：「在占星學的數字中，一到九依次序分別代表了太陽、月亮、木星、地球、水星、金星、海王星、土星和火星。而天王星是 11，冥王星是 22。」

　　晶靈不明白，於是問道：「為什麼星體會有代表數字的？」

　　小寶解釋道：「在占星學中，有一種稱為數秘術的分支，認為星體具有特定的象徵意義和能量，這些象徵意義可以與數字聯繫起來。舉例來說，太陽代表意志、個性和領導能力，而數字一恰好代表獨立、自我和創造力，所以太陽在占星學中通常被賦予數字 1 的象徵意義。同樣地，月亮代表情感、直覺和靈性，而數字 2 則代表合作、平衡和情感聯繫，因此月亮在占星學中通常與數字 2 相關聯。」

　　晶靈笑道：「給你這樣一說，令我覺得占星學很有

趣呢，占星學究竟是什麼呢？」

小寶回應道：「占星學是一門古老的學科，人類對占星學的研究可以追溯到西元前三世紀初。當時，占星學主要在希臘語的地區發展，然而，隨著羅馬帝國和西歐地區於公元五世紀中的衰亡，這種古典占星學大部分已經失傳了。」

晶靈問道：「那為何現在還有占星學呢？」

小寶笑道：「在 12 世紀時，阿拉伯和希臘語的占星學記載被翻譯成拉丁文，並以亞里斯多德的思想為基礎，以自然主義的觀點辯證占星學的合理性，去釋除基督教對占星學的疑慮。因此，占星學得以繼續在歐洲發展。同一時候，煉金術也傳入了西歐。在 15 世紀時的文藝復興時期，受到柏拉圖等古典思想影響，便有更多的占星學和煉金術記載被翻譯成拉丁文，從而令它們能進一步發展。其實，在占星學和煉金術中，我們剛才說到的星體都扮演著非常重要角色。」

晶靈聽著小寶的解釋，感到越來越複雜。

小寶繼續說道：「占星學以黃道十二宮、恆星和行星等天體為基礎，假定它們和地球存在著某種相互關聯的聯繫，從而影響著每一個人的身體、心理和精神。在中世紀和文藝復興時期，過去、現在和未來被視為神心中的共存，是單一的存在，占星學被用來理解這個單一，瞭解過去和現在，並預測未來。」

晶靈問道：「那煉金術呢？」

小寶解釋道：「煉金術和占星學中的守護星觀念相通，它使用『行星之梯』的概念，將煉金術分為七個階段，分別對應土星、木星、火星、金星、水星、月亮和太陽等天體。煉金術的目的是將一種金屬轉化為另一種金屬，例如將鉛轉化為黃金，以淨化靈魂，使之準備與神聖相遇。」

　　晶靈接著問道：「為什麼現在好像沒有煉金術了？」

　　小寶回答道：「隨著科學的進步，人們對自然的理解逐漸改變。到了 17 世紀末，科學取代了煉金術和占星學的觀念。到了現在，煉金術已被化學所取代，而占星學也主要用於理解星體如何影響個人的性格和命運，以及預測事件的發展。」

　　這時，安祖提出一個特別的問題：「我記得在占星學中，除了使用數字代表星體，還會用上符號。假若我沒有記錯的話，你們肩膀上的三叉戟印記就是其中一個符號。」

　　小寶點頭回答說：「在占星學中，星體和星座也有特定的符號。這些符號早於中世紀拜占庭的紀錄就有記載。例如，安祖的所屬的牡羊座，其符號就是一隻公羊的角和臉部。至於晶靈所屬的摩羯座，其符號則是山羊的頭部和魚的尾巴結合而成。」

　　晶靈好奇地問道：「那麼，哪個星座使用三叉戟符號代表呢？」

　　小寶回答道：「三叉戟符號代表的不是星座，而是

行星。你們猜猜看是哪顆行星？」

　　晶靈最喜歡胡亂猜想，她立即說道：「三叉戟看起來代表著『三』，難道是太陽系第三顆行星，也就是地球？」

　　小寶搖了搖頭，然後解釋道：「妳的聯想已經很接近了，不過，地球的符號是一個圓形，代表著靈魂，圓形中間有一個十字，代表著物質。至於三叉戟符號，則代表海王星，它是希臘神話中的海神所使用的武器。三叉戟符號由一個十字和向上的弧形組成，象徵著物質穿透心靈。」

　　安祖補充道：「在希臘神話中，三叉戟是海神的武器，但在天主教中，則被認為是魔鬼的武器。」

　　「占星學又數字、又符號，太複雜了！」晶靈說道。「其實我們昨天都沒有好好休息，不如現在我們快點睡一覺吧！」

　　「不行！」安祖擔心地提醒道。「你們還要去地獄，找魔鬼解開你們肩膀上的符咒！」

　　晶靈卻興奮地說：「我曾經做夢去過地獄，我可以帶路！」

　　安祖問道：「妳又怎知那個夢中的地獄是真的呢？」

　　晶靈難得認真地回答道：「因為我知道，怎麼形容呢？那就像在荔枝莊時，我能感覺快到要下雨一樣。」

　　小寶笑著說：「妳可以稱這種感覺為直覺。」

晶靈興奮地拍手說：「對，就是直覺！我有一種靈感，這次我們會在地獄裡大肆搗亂！不如我們一起去地獄找魔鬼？」

想到可以一起去地獄搗亂，小寶和晶靈竟然有一種莫名其妙的興奮！

小寶說：「如果能到達地獄，我便能順道解開靈魂粒子之謎了！」

晶靈問：「究竟靈魂粒子是些什麼？」

小寶回答：「靈魂粒子屬於微觀世界的粒子，擁有量子特性，它的大小比人類已知的粒子更加微細。當這粒粒子走進人的身體裡面時，人就有了靈魂，能夠思考活動。」

晶靈又問：「靈魂就是極之微小的一粒粒字？這樣就能令我們有記憶、能思考？」

安祖也說：「量子電腦晶片也只是一塊，它的運算力量也還不是極驚人的嗎？」

大家不禁也想到：量子電腦在多元世界協作運算理論！

小寶進一步思考道：「靈魂粒子的運作，會否也是與其他靈魂粒子在多元世界的協作？」

安祖道：「這樣便能解釋我們與其他世界中自己的聯繫，為何去到不同的世界中，我們總是我們。」

小寶道：「其實，我對於多伊奇的多元世界量子電

腦協作運算理論是有保留的，我認為他忘記了這個宇宙本來是類比而不是數位。他用粒子能代表 0 與 1 來估算要有多少粒子或資源，就好像 LCD 螢幕要顯示 256 種顏色就要 8 位元、65,000 種色就要 16 位元、16,000,000 種色就要 32 位元，那天空要產生色彩幻變的晚霞，豈不是要無限多的位元？

「當然，要找出此數就必須要有類比與數位的轉換，會受量度的限制，而量子電腦亦不是嚴格意義上的類比電腦，只算是半類比電腦，但也不一定要動用其他宇宙的資源。否則，當其他宇宙也在用量子電腦時，我們的量子電腦便可能會無端慢下來。」

晶靈只懂眨著眼睛，而安祖沉思了一會便說：「你說得有理，要找出答案，還是先要去地獄找出靈魂粒子的秘密。」

「那我們快想辦法去地獄，找出靈魂粒子的秘密，以及逼迫魔鬼解開符咒！」晶靈高興地道。但她想了想，又道：「不過，魔鬼不是給安祖封印了嗎？那又怎能找到他解開我們肩膀上的符咒？」

安祖卻說：「魔鬼只是給封印一千年，我們還是能到其他時間的地獄找到他的。」

晶靈恍然大悟，說道：「安祖，你可以陪我們去一趟地獄之旅嗎？」

安祖微笑點頭，心想正好可以完成他那驚天動地的心願。

小寶看到安祖的微笑，卻不知道為何內心深處湧起一陣恐懼。

　　安祖察覺到小寶神色有異，卻不動聲色。

　　這時，單純的晶靈高舉雙手叫道：「那我們一起下地獄吧！」

　　小寶與安祖冰冷地對望著，誰也不發一言。

後記 | 當理性碰上感性，開啟高維度空間意識！

「量子」雖然微小得肉眼看不見，但它是一種物質上的存在，是全理性的；相對地，「愛情」碰不到摸不著，是屬於全感性的。

《量子愛情學》嘗試把全理性和全感性硬混在一起，慶幸效果毫不違和，反而給人潛能待發之希望。

以意志為名，遊走於理性與感性

就像筆者在故事中滲入一些不合常理的元素，然後利用平行宇宙的概念作解釋，從而使內容的發展能夠漠視既有的規章，並大大提升趣味性。例如，古時的夫人為何會懂得調酒？答案在於這個新的世界中有著更早的調酒發展歷史。

另外，小寶給晶靈喝的秘製飲品從何而來？夫人們復活後為何願意輕易離開丈夫？安祖為何掉到人間後便不需要返回天上思過？以及，小寶如何能單純通過閱讀前世的日記，就輕易地對七位夫人產生如此深厚的情感？

這些問題的答案，都可以是因為源於這是一個新的宇宙，這使得故事能夠超越原有的限制，有更多幻想的空間。

以愛情為引，勾勒出量子理論

早在「夢境世界」的故事中，小寶已經親口承認過心裡面正同時愛著八個人。他的愛情游走於前世今生中，殊不簡單。可是，不敢示愛竟然是他唯一的弱點，而他今世難得鼓起勇氣示愛時，卻給拒絕了。

晶靈的愛也並不單純。小寶學識淵博、智慧極高，甚至能夠提出「高維度空間中粒子的兩個部分共享同一條波」的設想，這令晶靈崇拜萬分，深深著迷，可是，晶靈卻一直逃避小寶的愛，就連她自己也不明白為何。

至於安祖，為了逗晶靈開心，用愛情的比喻來解釋「量子力學」，這種男子漢的柔情，難道沒有勾動晶靈的心弦嗎？當她伏在安祖懷裡哭泣時，是為了誰？在「夢境世界」的故事中，晶靈不是也親口承認過心裡面同時愛上兩個人，不分高低的嗎？只是現代社會上道德的標準，令她知道必須選擇其一。

以深情為誓，愛究竟是什麼？

嗜酒的小寶和晶靈的愛情觀非常複雜，而滴酒不沾的安祖擁有比較簡單的愛情，不過，經歷了千世的單戀後，似乎將會有所變化，在未來的地獄之旅中也許會更加主動。

或許人人的想法都不同，就好像有些人害怕墮入地獄，但小寶和晶靈卻不僅不害怕，還迫不及待地期待著可以去搗亂，甚至小寶的腦袋中應已立即盤算好一個破壞的計劃。這類以非常理方式思考的人的行為，真讓人

難以理解和預測。

比量子更難以理解和預測的，是在〈序言〉中曾提及過的，那就是愛情。就像小寶、晶靈和安祖在故事中，也分別問過自己：「愛，究竟是什麼？」

那麼，愛情在你的生活中，又是什麼樣的呢？你又認為：「愛，究竟是什麼？」

【資訊列表】

本故事描述了一些真實的物理學資訊，特別是量子力學的發展史，以下為相關資訊的摘要，以供大家參考。

1687年

相關物理學概念或理論及實驗

力學（Mechanics）：

萬有引力和三大運動定律，與光學（Optics）、熱學（Heat）和電磁學（Electromagnetism）共稱為經典物理學，涵蓋宏觀世界裡的物體，能全面解釋日常生活中物質的性質和運動。

代表物理學家

牛頓（Isaac Newton）／英國物理學家

本故事章節 Chapter 3

1801年

相關物理學概念或理論及實驗

光的波動性（Wave）：

光的雙縫實驗是把一個光源通過兩個狹縫照射到一個平面上，顯示了由光波的干涉（Interference）造成的明暗相間的條紋。

代表物理學家

楊格（Thomas Young）／英國物理學家

本故事章節 Chapter 12

1887年

相關物理學概念或理論及實驗
光電效應（Photoelectric Effect）：
當使用合適頻率的光照射金屬時，便會有電子逸出，成為光電子，是為光產生電的效應。

代表物理學家
赫茲（Heinrich Rudolf Hertz）／德國物理學家

本故事章節　Chapter 3

1990年

相關物理學概念或理論及實驗
量子的概念（Quantum）：
提出量子粒子不是連續性的，而是斷開的能量。

代表物理學家
普朗克（Max Planck）／德國物理學家

本故事章節　Chapter 3

1905年

相關物理學概念或理論及實驗
光的粒子性（Particle）：
以「光電效應」實驗提出光量子（光子）的假設，指出光有量子特性，是由不連續的能量粒子組成。

代表物理學家
愛因斯坦（Albert Einstein）／德國物理學家

本故事章節　Chapter 3

1905-1915 年

相關物理學概念或理論及實驗

相對論（Theory of Relativity）：

在 1905 年提出的狹義相對論（Special Relativity），和在 1915 年提出廣義相對論（General Relativity），是時空和重力的理論。

代表物理學家

愛因斯坦（Albert Einstein）／ 德國物理學家

本故事章節　Chapter 3

1922 年

相關物理學概念或理論及實驗

對應原理（Correspondence Principle）：

當系統量子數非常大時，對於系統中的物理行為，利用量子理論所計算的結果與利用經典理論算的非常相近。

代表物理學家

波耳（Niels Bohr）／ 丹麥物理學家

本故事章節　Chapter 3

1924 年

相關物理學概念或理論及實驗

波粒二象性 （Wave-particle Duality）：

光就是同時有波性和粒性的。

代表物理學家

德布羅意（Louis de Broglie）／ 法國物理學家

本故事章節　Chapter 12

1926
年

相關物理學概念或理論及實驗

波函數的機率分布（Probability Distribution of Wave Function）：

波函數的物理意義為統計或機率，被稱為「上帝的骰子」。

代表物理學家

玻恩（Max Born）/ 德國物理數學家

本故事章節 Chapter 15

1927
年

相關物理學概念或理論及實驗

不確定原理（Uncertainty Principle）：

量子粒子處於疊加態，其狀態不能同時被精確測量，而每一次觀測，也會對粒子造成影響。若測量位置或動量的精度越高，對另一方的測量精度就越低。

代表物理學家

海森堡（Werner Heisenberg）/ 德國物理學家

本故事章節 Chapter 5

1935
年

相關物理學概念或理論及實驗

薛丁格的貓（Schrödinger's Cat）：

以一隻貓處於又活又死的疊加態的思想實驗。

代表物理學家

薛丁格（Erwin Schrödinger）/ 奧地利物理學家

本故事章節 Chapter 5

相關物理學概念或理論及實驗

量子糾纏（Quantum Entanglement）：

當量子結合在一起，它們的疊加態便會互相纏繞。它們的關係是非局部和非分離的，無論距離有多遠，當一個粒子的狀態改變時，另一個粒子的狀態同時也會相應地改變。此概念萌芽於物理學家認為如果量子力學能夠預測粒子的行為，但無法解釋粒子的實際狀態，那量子力學就不夠完備。於是愛因斯坦與兩位物理學家波多爾斯與羅森提出了一個叫「EPR 弔詭」（Einstein-Podolsky-Rosen Paradox）的概念來，主張有隱藏變量來解釋上述現象。

代表物理學家

愛因斯坦（Albert Einstein）／德國物理學家
波多爾斯基（Boris Podolsky）／美國物理學家
羅森（Nathan Rosen）／美國物理學家

本故事章節　Chapter 17

相關物理學概念或理論及實驗

電子雙縫實驗（Double-slit Experiment）：
用雙縫實驗來檢測電子的物理行為，發現電子也會發生干涉現象。後來的物理學家單獨的電子發射器來進行雙縫實驗，以裝置探測器來觀察電子是從那一條狹縫經過時發現，觀察時干涉圖樣會消失。觀測行為會干擾電子的波動性，使電子的波函數坍縮，變成了一個確定的粒子狀態。

代表物理學家
勇松（Claus Jönsson）/ 德國物理學家

本故事章節 Chapter 17

相關物理學概念或理論及實驗

多元宇宙協作的量子電腦
（Quantum Computation in Multiverse）：
量子電腦運算涉及其他宇宙的協作計算。

代表物理學家
多伊奇（David Deutsch）/ 英國物理學家

本故事章節 Chapter 2、Chapter 20

國家圖書館出版品預行編目 (CIP) 資料

量子愛情學 Quantum Love Theory / 林月菁作 .--
第一版 .-- 臺北市：博思智庫股份有限公司 ,2025.02
面；公分

ISBN 978-626-7653-03-6(平裝)

857.7   114000149

RE
AD 04

量子愛情學
Quantum Love Theory

作　　者｜林月菁
主　　編｜吳翔逸
執行編輯｜陳映羽
美術主任｜蔡雅芬
封面圖片｜Designed by Freepik

發 行 人｜黃輝煌
社　　長｜蕭艷秋
財務顧問｜蕭聰傑
出 版 者｜博思智庫股份有限公司
地　　址｜104 台北市中山區松江路 206 號 14 樓之 4
電　　話｜(02)25623277
傳　　真｜(02)25632892

總 代 理｜聯合發行股份有限公司
電　　話｜(02)29178022
傳　　真｜(02)29156275

印　　製｜永光彩色印刷股份有限公司
定　　價｜300 元
第一版第一刷　西元 2025 年 2 月

ISBN 978-626-7653-03-6
© 2025 Broad Think Tank Print in Taiwan

博思智庫股份有限公司

博思智庫粉絲團　Facebook.com/broadthinktank